MEMORY HOUSE
记忆坊文化

祝你所愿成真

汤汤大魔王

海边的锦鲤

Haibian Jinli

汤汤大魔王 著

长江出版社

图书在版编目（CIP）数据

海边的锦鲤/汤汤大魔王著. -- 武汉：长江出版社，2024.6. -- ISBN 978-7-5492-9520-3
Ⅰ.I247.5
中国国家版本馆CIP数据核字第2024MC8440号

海边的锦鲤 / 汤汤大魔王 著
HAIBIANDEJINLI

出　　版	长江出版社
	（武汉市解放大道1863号 邮政编码：430010）
选题策划	北京记忆坊文化
市场发行	长江出版社发行部
网　　址	http://www.cjpress.cn
责任编辑	陈　辉
特约编辑	莫桃桃
装帧设计	46设计　段文婷
封面绘图	茶叶蛋
印　　刷	三河市国新印装有限公司
版　　次	2024年6月第1版
印　　次	2024年6月第1次印刷
开　　本	880mm×1230mm 1/32
印　　张	8.5
字　　数	190千字
书　　号	ISBN 978-7-5492-9520-3
定　　价	45.00元

版权所有，翻版必究。如有质量问题，请联系本社退换。
电话：027-82926557（总编室）027-82926806（市场营销部）

目录
Contents

楔子 … 001

正文 … 005

番外一 … 151

番外二 … 177

番外三 … 217

楔子

Haibian de Jinli

海边露营那晚，我和周谨的秘密被曝光了。

夜幕降临，同行的朋友们围在篝火边，玩起了"我有你没有"的游戏。

轮到的那人举手坏笑道："我没有和在场的任何一个人接过吻。"

同行之中有一对情侣，这个问题明显就是针对他们的，于是在场的其他人都"嘿嘿嘿"地缩回一根手指，起哄准备看热闹。

就在小情侣小脸通红，准备喝酒受罚时，忽然，提问者大呼:"谨哥,你怎么也举着?"

瞬间,所有人齐刷刷地看向坐在篝火另一头的高瘦的身影,集体瞳孔地震。

众目睽睽之下,周谨仍旧悠然地伸着三根指头,漫不经心,却明目张胆。

"谨哥,你……"

"对,我有过。"周谨一脸淡定,目光不慌不忙地投向了此刻只想在沙滩上挖个大洞把自己埋进去的我,声音里憋着坏,"黎礼,你玩游戏怎么能耍赖呢?"

我:"呃……"

正文

Haibian de Jinli

1.

关于和周谨……亲密接触这事，我承认是我先动的手，但"事发"到现在已经一个月了，期间谁也没有再提过，我以为"当作无事发生"是我们之间心照不宣的默契。

没想到……这厮居然当众拆我的台！

此刻，原本其乐融融的篝火晚会被他的两句话搅得乱作一团。

"我的天！"

"他刚才说啥？"

"我没听错吧?周谨和黎礼……竟然真的……"

"你和我哥什么情况?!"坐在我旁边的是周谨的表妹顾瑶,她一把扳过我的肩膀疯狂摇晃,晃得我真想当场去世。

"不玩了,不玩了,今天必须把话说清楚!"刚才提问的徐南把手里的酒瓶一扔,大着舌头望向周谨,"谨哥,你……你们这是在搞……搞地下情呢?"

周谨还是那副气定神闲的样子,他拿起手边的啤酒喝了两口,放下时修长的手指轻轻捏着易拉罐罐身,咔啦咔啦,跟玩似的。

"罚过了。"周谨面不改色,眼睛始终看向我,那张清俊的脸在火光映衬下多了几分惑人的生动,"顺便替她也喝了。"

这下,现场闹得更欢了。

"不地道!你以为这事光罚酒就能糊弄过去吗?大家一起长大的,居然瞒着我们所有人!"

"那什么,谨哥、礼礼,其实我从小就觉得你俩登对……"

"礼礼,原来你真是我嫂子啊?"顾瑶挽着我的胳膊,又惊又喜。

还你饺子呢……我蜷缩在原地,脚趾能把人字拖鞋给抠断了。

一群人围拢过来,叽叽喳喳,好不欢腾。

"不对吧礼礼,谨哥生日那天,你带过来的那人不是你男朋友吗?"徐南喝多了酒,晕乎乎地挠头道,"我还以为你俩是一对呢。"

漂亮,哪壶不开提哪壶。

话音落下,原本热闹的气氛突然像被一盆冷水兜头泼灭,众

007

人面面相觑，眼神来回游走，安静得很诡异。

一瞬的安静让徐南醒了酒，意识到自己可能说错话了，他怯怯地朝周谨的方向瞅了一眼，挪着步子往人堆里缩。

"问得好。"周谨开口，眼里映着不断跳动的火光，"所以礼礼，我和他之间，你选谁？"

在被周谨灼热的目光烤化之前，我选择落荒而逃。

2.

我和周谨，还有一同来海边旅行的朋友们，都是一个院里长大的发小。在这群人之中，唯有我和周谨的关系最为特别。

我们出生在同年同一家医院的同一个产房里，他比我早正好一个月，不知道这算不算某种冥冥之中的巧合，总之他后来事事都压过我一头。

在院里的长辈中，我爸妈和周谨的爸妈又是大学时的好友，据说当年两对小情侣各自手牵手逛校园时，对着广场上的碑石突发奇想，当场约定如果将来生了孩子，要以碑上的刻字来命名。

那碑上刻的是校训：严谨敦行，崇礼明德。

于是乎，我和周谨顺理成章地各分得一个字。

以前，这两桩事情被周围的人当作趣谈，反复提起。

"老周、老黎，你们两家这么有缘，干脆结亲算了。"

"就是，上哪儿找这么巧的事啊。"

"周谨，长大后让黎礼给你当媳妇儿好不好？"

从记事起,我和周谨经常像两只陀螺一样,在大人们的打趣谈笑中来回旋转,有时候被转得晕了,我也会极其天真地问上一句:"是不是像爸爸妈妈那样,天天睡在一起就是结婚了?"

话音一落,所有人都大笑起来:"黎礼,你长大后想和周谨结婚吗?"

我当时认真想过,整个夏天,我和周谨经常挤在一张小床上睡午觉,那是不是已经算结过婚了?我睡觉的时候喜欢抱点什么东西,一般是床头的大黄狗毛绒玩具,但如果床上有周谨,那必然要搂着他的腰睡。周谨的身子软乎乎的,比毛绒玩具抱着还舒服,虽然有好几次,我迷迷糊糊间感觉到他偷摸将我的胳膊从身上移开……

思来想去,和周谨结婚好像也挺不错的,于是我点点头:"嗯,也不是不行。"

"不行,坚决不行。"周谨拒绝我的时候,语气不容商量。

"啊?为什么不行?"我绕着他前后地跑,"你不想长大以后和我结婚吗?"

"不想。"

"为什么?为什么?"我不依不饶,干脆堵在他面前,"我们不都一起睡过觉了吗?"

年幼的周谨坐在自家门前的小竹凳上,手里捧着本书。那时其他同龄孩子连字都不认识几个,周谨翻起书来却已经像模像样了。

"你热得跟个火球似的,我每次都睡不好。"

"那我们可以冬天再结婚呀。"我蹲在他身边,两眼扑闪着期待的光。

周谨丢出一记冷笑,并不接话。

"什么意思嘛!"我噌地站起来,一只手重重地盖在他的书页上,"那你到底想和谁结婚?"

周谨仰起头与我对视,夕阳金灿灿的光线落在他稚气的脸庞和柔软的发梢上,那双圆圆的眼睛里透露出某种超越年纪的理性。

"反正不是和你。"

说罢,他合上书,起身往屋里走。

"回家吧,不然你妈该出来找你了。"

我呆呆地看着他的背影,一种前所未有的屈辱感涌上心头。

我攥紧小拳头,朝他大喊:"不结就不结!我还不愿意跟你结婚呢!"

我和周谨人生中的第一个梁子就这样结下了,回去后我告诉每一位大人,我和周谨彻底决裂,这辈子都不可能结婚的。谁知他们听后反而更乐了,倒是成日里厮混在一起的小伙伴们在听到我的宣言后,纷纷陷入沉思。

"他们肯定是吵架了。"五岁的徐南抱着胳膊,一副认真思考的模样,"我小姑姑就是因为吵架,最后没结成婚。"

我瞪着一旁坚决不肯"娶我"的周谨,他又搬了小凳子坐在树底下看书,假模假样的,仿佛周围的一切都与他无关,气得我只能嘟着嘴鼻孔里哼哼。

顾瑶看看我,又看看她表哥,小心地问:"黎礼,你俩以后真不结婚了,对吧?"

"对!"我答得斩钉截铁,一定要让周谨那小子听清我的决心!

"哦,那这糖你得还我。"顾瑶毫不犹豫地抽走了我手里那根她刚送的棒棒糖,"我妈说结了婚的就是一家人,那你和我哥不结婚,我们以后就不是一家人了。这糖是我爸出差买回来的,就剩两根了,我……我还是留给自己吃吧。"

我:"好吧……"

3.

童年像一阵抓不住的风,还没等人反应过来,我们这帮整天在院里疯闹的孩子就被各自的家长挨个捉住,套上书包,扔进了学校。

学校是离家只有两条街的附小,入学后,其他人都分散在不同的班级,只有我和周谨,好巧不巧又凑到了一起。

"黎礼,你和我哥还真是有缘。"站在新班级门口,顾瑶煞有介事地模仿起了夏天里跟着她妈一起看过的不知哪部电视剧的台词,"可惜啊,有缘无分。"

从那以后,院里的白天变得安静许多,但到了夜里,尤其晚饭过后,此起彼伏的动静会从各家各户的窗口传出,好不热闹。

自打进了小学，徐南妈妈的脾气暴涨，他们家在我家楼上，晚上写作业的时候，我经常听见天花板上方传来丁零当啷的响动，以及徐妈妈几近崩溃的咆哮。

"五加二为什么等于六？你说啊！说啊！"

还有楼下的顾瑶，日子也不好过。每晚八点，她家会准时响起练钢琴的声音，只可惜那旋律总是七零八落的，散在地上捡都捡不起来，顾遥的哭声也经常和琴音一块儿响起。

相比其他人，我过得还算太平，小学的作业难不倒我，家里人也没逼我学什么乐器，往往其他人在挨揍的时候，我要么在看电视，要么在看小人书，于一片哀号中悠然自得。

当然，我并不是最悠然的那一个，周谨才是。

开学不到一个月，周谨就不负众望地成了老师们最喜欢的优等生。他还是一样喜欢看书，很多次课间，我都能看见他在周遭一片吵闹声中心无旁骛地翻着书页，那专注的模样，让他在人群里显得与众不同。

我和周谨的关系在上小学后有了一定缓和，但他当初毫不留情地"拒婚"依旧令我耿耿于怀。虽然连大人们都不再提起我和周谨之间的"婚约"了，可还是有些说不清道不明的种子在我心底发了芽——我很好奇，像周谨这么高傲的人，到底会青睐什么样的女孩子？

这个问题困扰我很久，为此，我经常暗中观察周谨对其他女生的态度。

我怀疑过成绩好学习刻苦的，比如年级大队长，但周谨同她不冷不热；也怀疑过能歌善舞才艺出众的，比如艺术课代表，可我知道她送给周谨的生日礼物一直被放在他家柜子里吃灰。

到底什么样的人能入周谨的眼呢？对此，我百思不得其解。

直到初中的某一天，我妈多年不见的好朋友李阿姨来家里做客，带上了她的女儿秦涵。

那天傍晚，周谨被他老妈派上来借醋。在我家客厅，秦涵站起身，弯起眉眼朝他灿烂一笑。

一瞬间，我看见周谨眼底，亮起了从未见过的光。

"喂，你的醋！"我把醋瓶往他怀里一推，谁知周谨晃神没接住，瓶子哐当一下摔在地上，瓶盖被撞开，黑色的醋汁汩汩往外流。

一股强烈的酸味直冲而上。

"周谨你怎么回事啊？"我很不满地抱怨他，拿起纸巾盒蹲在地上擦拭。

周谨连声抱歉，蹲下身和我一起收拾。

这时，一条白嫩纤细的胳臂伸了过来，手里拿着一小包湿巾。

我和周谨同时抬头，看见秦涵甜美友善的脸。

她抽出一张湿巾递给周谨，笑得温柔："你手指上沾到了，用这个擦擦吧。"

周谨闷声接过，低下头，脸上的红晕一路爬到了耳根子。

秦涵也羞涩地笑了，她笑起来特别好看，眉眼弯弯，俏皮动人。

杵在他俩面前，我头一次感到自己特别多余。

"你们放着吧，我来收拾。"我妈提着抹布过来，"小谨，这是秦涵，她马上要转学过来和你们当同学了。一会儿吃过饭，记得再上来玩会儿，认识一下新同学。"

"好的，阿姨。"周谨应下，又偷偷看了秦涵一眼。

我人生第一次巴不得周谨赶紧滚蛋，再也不要出现。

当天晚上，李阿姨和秦涵留在我家吃饭。

"林秋，你女儿在三中的实验班，成绩一定很好吧？"李阿姨笑眯眯地问我妈，"我就担心涵涵进去后，学习进度跟不上。"

"她啊，也就马马虎虎。"我妈摆摆手，"刚才上来那男孩子，周谨，成绩才叫好呢，从来没掉出过年级前五名。"

李阿姨"哎哟"了一声，连忙用胳膊肘拱她女儿："涵涵，一会儿和周谨同学好好聊聊，以后得跟人家学习。"

"知道了，妈妈。"秦涵乖巧地应了一声。

我心不在焉地扒拉着米饭，视线在李阿姨和秦涵身上来回打转。这对母女从长相到气质都特别相似，李阿姨皮肤很白，保养得宜，眉目间颇有种古典美的风韵，她讲话温声细语的，好像一点脾气都没有。秦涵就更不用说了，我都能想象她转过来后学校里那帮男生该激动成什么样。

正瞎琢磨着，我观察的眼神忽然和秦涵的目光撞到了一起。

她瞧了我两秒，随即露出了个人畜无害的笑容，我也冲她讪讪一笑，因为偷看被抓包而心虚地低下头。

"黎先生，还是要谢谢你。"李阿姨举杯，满脸真诚地转向我爸，"要不是你帮忙，涵涵转学进三中也没这么顺利。"

"太客气了，叫我老黎就行。"我爸笑着拉过我妈的手，"三中副校长是我和林秋大学时的师兄，正巧能打上招呼。"

我妈也笑："就是啊，都是自己人，有啥好谢的。"

李阿姨又讲了好多客气话，之后，她放下杯子，目光落到我爸妈握在一起的手上，竟毫无征兆地落下泪来。

"哎呀，这是怎么了？"我妈手足无措，赶紧凑过去替她擦眼泪，李阿姨却越劝越伤心。

"林秋，我真羡慕你，从小你的命就比我好。"李阿姨抓着我妈的手腕，边哭边说，"你看你家，里里外外什么事都不用你操心……不像我遇人不淑，半辈子青春耗在了那个好吃懒做的浑蛋身上，人到中年落了个离婚的下场，还得连累孩子跟我受罪……"

说到这儿，李阿姨更是泣不成声，连带着秦涵也啜泣起来。

我妈一边安慰她，一边用眼神示意我照应秦涵。我小心翼翼地挨着秦涵身边坐下，往她手里塞纸巾。秦涵接下，蓦地靠在我肩上，抽抽搭搭地哭。

我并不喜欢与外人有身体接触，但秦涵哭得实在惹人心疼，我也不好推开她，只能僵直身子让她继续靠着。

一顿晚饭就在如此氛围下草草收场，饭后，周谨果然如约出现了。

大人们在客厅聊天,我带着周谨和秦涵进了房间。

房门关上后,秦涵便说起了她家的事。

李阿姨叫李婉,是我妈妈中学时期的好友。她高考落榜去了外地的一所大专,毕业后留在当地工作,由于年轻貌美,自然而然有了许多追求者,在这些人中,有个年纪相仿的本地男人最是殷勤。李阿姨因着自己没有上成大学,原本计划找一个学历好的对象,而这个男人虽然学历平平,但胜在家境优渥,经营着一家中等规模的公司,是李阿姨当时所有追求者里经济条件最好的。权衡再三,她答应了对方,二人很快结婚,第二年就生下了秦涵。

秦涵说,如果有重新选择的机会,她妈妈一定不会再嫁给那个人,而她自己,宁愿不出生也不想有这样的父亲。

说罢,秦涵拉下一侧衣领,露出白皙的肩膀,和皮肤上一块触目惊心的粉色疤痕。

"以前,家里人都说这块疤是我三岁时自己碰翻烧水壶被烫伤留下的,直到他俩离婚后,妈妈才告诉我,这是我爸在一次吵完架后情绪失控,亲手泼出的滚水。"

在我和周谨惊愕的目光中,秦涵拉起衣服,抱膝缩坐在椅子上,乌黑的长发披散在肩头,脆弱又美丽,像美术课本中,名画里的忧伤少女。

她继续谈起自己的父母。

结婚后,李婉渐渐发现丈夫并非她想象中的那般能干可靠。秦家有公司不假,但完全依靠公婆经营,丈夫在里头挂了个闲职，整日吃喝玩乐，对业务不闻不问，对家庭毫不上心。李婉劝过几次，每次都以激烈的争执收场，几番之后，她也懒得管了，她自小家境不好，能过上男方家提供的优渥生活理应知足。

但不承想，殷实的日子才过了几年，公公就因为积年累月的过度操劳而罹病去世，婆婆接受不了打击，精神出现了问题。顶梁柱一个接一个倒下，家业只能交到她不学无术的丈夫手上，又过了几年，秦家的公司破产，只剩下一堆债务、一个疯疯癫癫的老太太和一个窝囊暴躁的男人。

李婉从小在压抑潦倒的原生家庭中长大，她不愿女儿也经历这种狼狈的人生，于是果断离婚，带着秦涵逃回故乡。

"黎礼，抱歉，我和我妈今晚都有些失态了。"秦涵泪眼汪汪地看着我，泛红的眼角让人生怜，"其实今天来你家真的只是想感谢你爸妈帮我解决了转学的问题，只是……"

我赶紧宽解道："没关系！有些事说出来就舒服多了，以后你在学校里，有不开心的事情都可以找我，也可以找周谨，对吧？"说罢，我看了周谨一眼。

周谨没吭声，眼神移向别处，但也认真点了点头。

那天客人们准备离开时，已经快到九点了。

站在客厅里，我看见李阿姨和我妈的眼睛都红红的，连我爸都表情凝重，看来他们之间聊起了更多艰难的事。

"你们母女俩住的地方太远了，让老黎开车送你们回去吧。"我妈提议。

"不用，已经打扰你们一晚上了。"李阿姨为难道，"我和涵涵打车就行。"

"打什么车，大晚上的我能放心？"我妈坚持，"就这么说定了，跟我还客气什么。"

"那……辛苦黎先生了。"

离开时，秦涵朝我和周谨挥手微笑道："在学校见啦。"

她的双眼因为哭过还带着雾蒙蒙的湿气，脸上的笑容却很温暖，楼道里昏黄的灯一照，像是一束晨光穿透薄雾落在平静的湖面上。

那一刻，我的心情出奇复杂，她太美了，美得实在令我嫉妒，可面对这样一个经历坎坷的柔弱女孩，我又怎么能嫉妒得起来呢？

我转头看向周谨，他一整晚都没说太多话，虽然这人平时也高冷得很，但今晚，我总觉得他有些不对劲。

周谨的神色依旧淡然，清清冷冷，可我还是捕捉到了他唇角有一丝微扬的弧度。

那是一种发自内心却不自知的笑意，如此温柔，我从未见过这样的他。

倏忽间，我又闻到了强烈的酸涩味，那是傍晚时分打翻的醋，在我心底又重新翻了一次。

那晚，所有人都离开后，我妈又嘱咐了我许多话。

她说李阿姨辛苦，看起来柔弱，其实从小性格要强，偏偏家道中落又时运不济，原本寄希望于上一段婚姻能成为改变人生的跳板，不承想行至中年依旧摔得如此惨痛。

她又说秦涵也苦,那家人重男轻女,她们母女因为这个没少受气。所幸秦涵乖巧懂事,相貌脾气也都随母亲,在她身上,能找到李阿姨青春时的影子。

她还说,秦涵是从外地转学过来,要跟上三中的教学进度难免吃力,让我平时多帮帮她,和朋友们玩也要带上她,别叫她在新环境里受冷落。

我心里正乱成一团,却又不能表现出来,只好木然地点着头,转身把自己关进房间。

4.

几天后的晨读课间,隔壁二班来了个美女转校生的消息瞬间传遍了整层楼。

彼时,我正把语文读本立在桌上,把头窝进书本投下的阴影里。有几个男生靠在窗边,激动地谈论着刚才在办公室里撞见转校生的惊鸿一瞥。

"可太漂亮了,皮肤又白,眼睛又大。"

"怎么不进咱们班啊,为什么美女都是隔壁班的?"

"你傻啊,咱班人数早就满了,哪里有位子。"

"也是……唉,要是能把丑的那几个踢出去,把她换进来就好了。"

我猛地抬起头,课本倒向桌面,书脊摔出啪的一声响。

那几人循声看过来,我瞪着他们:"要出去你们自己出去!"

挑起话头那人莫名其妙地瞅着我:"你急什么,又不是说你。"

"说谁都不行。"我生气道,"大家都是靠实力考进来的,轮得到你来评判踢走哪一个吗?"

"嘿!黎礼,我告诉你别没事找事——"那名男生凶巴巴地指着我,正要走来,却被一个碰巧经过的高瘦身影挡住了路。

"吵什么呢?"周谨漫不经心地问了句,连头都没有转一下。

霎时,剑拔弩张的气氛松弛了下来。

"嘿嘿,谨哥,没事,我和黎礼闹着玩呢!"那人变了副脸色,追在周谨身后嬉皮笑脸地问,"谨哥,你看见二班那个转学生了没?"

"嗯。"

"怎么样,特漂亮吧?"

我背对他们坐着,耳朵却忍不住竖起来仔细听。

周谨沉默了片刻,只是淡淡道:"你不是自己也见过了吗?"

那人油腻地笑:"我这不是想了解了解三中校草的看法嘛。这转学生,妥妥的校花一个……"

"无聊。"

直到上课铃响起,我才回过神来,发现指甲在木制课桌面上抠出了一个月牙形的小坑。

整节课,我始终没法让自己的注意力集中,每当视线转向黑板,我仿佛能透过墙体,窥见隔壁二班教室里某张课桌边端坐着的美丽背影——一头乌黑的长发随意散着，明眸皓齿，皮肤白得几近发光。

不晓得顾瑶、徐南和秦涵打上交道没？我心想。

上初中后，院里那帮整天一起闹腾的伙伴就分散进了不同学校，一起进三中的只有我、周谨、顾瑶和徐南，而他俩就在二班。

数学老师在上面讲题，教室里响起一阵唰唰翻页的声音，我盲目地随手翻过一页题本，神思依旧游移不止。

无论他们有没有打上交道，总之过了今天，秦涵就会加入我们的四人小队。她初来乍到，能依靠的人只有我，难道我能为了自己的一点私心让她无辜落单吗？说到私心……

我鬼使神差地往教室后排看了一眼。

周谨坐在最后一排，两条无处安放的大长腿收敛地伸在过道边，他垂眸看着卷子，一只手撑着脑袋，另一只手娴熟地转起笔，微躬的脊背拉伸出少年成长时期独有的清瘦线条，看似单薄却掩不住日渐风发的青春意气。

不知道为什么，自从那天周谨和秦涵接触后，我的心就总有种被揪住的感觉，很难受，却又摆脱不掉。

我盯着周谨发呆，完全没察觉到身边的气氛起了变化。

笃笃笃！

三记敲桌子的声响把我吓了个激灵，我慌乱地抬头，直接撞上了数学老师严肃的脸。

"黎礼，后面有什么啊，那么好看？"她板着面孔，指指黑板，"你上去，把这道题按我刚才讲的方法解一遍。"

我灰溜溜地走上讲台，握着粉笔站在题目前，半天写不出一个字来。

教室里安静得出奇，我感到后背顶着许许多多道目光，焦灼得发烫。

"周谨，你上去教教她。"

教室后排发出座位挪动的声响，周谨起身，脚步渐近，我又羞愧又紧张，几乎僵在原地。

那高瘦的身躯投下一片阴影，他从我指间取走粉笔，行云流水地书写起来。

教室里依旧沉静，只有粉笔书写的声音，以及我自己才能听见的咚咚不止的心跳。

我偷偷抬眼瞧去，周谨的侧脸笼罩在逆光中，轮廓如雕刻般利落清晰，阳光自他微垂的睫毛间滑落，空气里的尘埃都在微微发亮。

"很完美的解答。"数学老师称赞了一句，转头对我说，"黎礼，看你一整节课都心不在焉的，还以为你都学会了呢。"

周谨的视线也移了过来，我尴尬地低下脑袋。

"都坐好去吧，认真听课。"

我如获大赦，脚底抹油似的逃回座位。

周谨跟在后头慢悠悠地走，经过我的位子时，伸手将我摊在桌上的题本翻过两页，然后指了一下倒数第三道题。

讲台上，数学老师已经开始板书这题的解答思路。

我红着脸将题本拽到自己跟前，眼睛盯住黑板，摆出一副认真学习的架势。

只听见头顶传来一声闷笑,再然后,我的后脑勺就吃到了某人毫不留情的一记"爆栗"。

大课间的时候,我去隔壁教室打算看看秦涵,结果在窗边张望了几圈,根本没有瞧见她的影子。

"你们班新来的转学生呢?"我拉住顾瑶问。

"你说秦涵啊,和她的新同桌一起去小卖部了。"顾瑶奇道,"怎么,你也是来一睹芳容的?"

看着门口几个借故徘徊的外班男生,我摇摇头:"她是我妈妈发小的女儿,我怕她第一天待得不适应,所以过来看看。"

"原来是熟人啊!"顾瑶一边恍然,一边拉住我的胳膊就朝楼梯走,"她挺开朗的,你别担心了,还是担心一下我吧。我今天起得晚,早饭都没吃,现在饿得快要死了。"

从小卖部出来,我和顾瑶一人抱着一袋薯片,沿着林荫路慢慢散步,边走边抓起一把塞进嘴里。

"原来是这样啊,唉,秦涵和她妈妈还挺不容易的。"顾瑶嘴里边嚼边说,"你爸妈这回真是帮了大忙,咱们学校可难进着呢。"

我吮吸着油乎乎的手指,问道:"你哥没和你提过她?"

"不是吧!"顾瑶瞪大眼睛,"他俩什么时候认识的?"

"也是在我家里,那天……"我说着说着,才意识到原来顾瑶不是在接我的话。

这条林荫路一边通向教学区,另一边连接着篮球场,大课间比较长,不少男生喜欢趁这个时段出来打一会儿篮球。

此刻,在我们正前方的球场边,有两个熟悉的身影对立在梧桐树下,一个是周谨,另一个正是秦涵。

我的心又像是被什么给猛揪了一把。

周谨显然是刚打完球,额前的碎发被汗水沾湿了几缕。秦涵笑眯眯地说着什么,递上去一瓶水,周谨先是微愣,随后接下了。

秦涵似乎很高兴,她有些羞涩地转过身,朝教学楼走去。周谨拿着水,又回到了场上。

"这两个人是什么情况?"顾瑶诧异到不敢出大声,"平时有女孩子送水他从来不收的啊。"

"可能,这个女孩子在他眼里比较特别吧。"我冷冷道。

顾瑶看着我,明显还没缓过劲来:"礼礼,你当我嫂子这事,不会要黄吧?"

我瞬间拉下脸:"谁要当你嫂子了?我早就说过了,这辈子都不会给你当嫂子的!"

"哈哈哈,礼礼,敢这么嫌弃我们谨哥的,你可是头一位。"身后猝不及防地响起徐南的声音。

我和顾瑶一起回头,只见徐南和周谨不知何时跟了上来。周谨一手托着篮球,一手随意地抓着校服外套,冷淡着不说话。而那瓶秦涵刚才特地送去的水,却出现在了徐南手里。

顾瑶看着徐南咕咚咕咚地灌水,脸色立马绿了。

"你哪儿来的水？"她直问。

"你哥给的，不行啊？"徐南倒也坦率，"有美女给谨哥送水，谨哥转手送我，请问有问题吗？"

顾瑶翻他白眼："什么美女不美女的，轻浮。"

徐南故意夸张地吸了吸鼻子："顾瑶，你家是不是换洗衣液了？"

"没有啊……"

"那我怎么闻到一股子柠檬味，怪酸的。"

"徐南！有本事别跑！"

这对冤家你追我赶，闹着跑远了，留下我和周谨待在原地，气氛有些尴尬。

"那个……"我苦恼着说点什么缓和一下，周谨却抬起长腿直接走了。

擦身而过，我听见他丢下一句："你还真是能记仇。"

5.

秦涵的到来，确实给我的生活带来了不小的改变。

李阿姨新找的工作下班晚，为了体恤她的不易，我妈自作主张在饭桌上多添了一副碗筷，从此，秦涵时常留在我家吃晚饭。

这种变化让我觉得很被动，因为父母间的交情，秦涵成了我必须接受的朋友，不管我心里是怎么想的。

其实秦涵人挺好的，做事温和有礼，说话又甜又软，甚至有几次，我都被她娇软的样子激起过保护欲。可我还是无法像对待顾瑶般毫无顾虑地接纳她，我们之间横亘着一道难以消失的隔阂，虽然不愿意承认，但我心里明白，周谨就是那道隔阂。

放学后的大部分时间，秦涵都得在我家中度过，因此，我和顾瑶他们的四人小队顺理成章地扩展为五个人。秦涵十分主动地融入我们，不过能看出来，她似乎更愿意和周谨待在一起。

由于两地的教材不同，秦涵转学以来，成绩一直跟不上，尤其是理科，以至每晚我都要抽出额外时间专门给她讲题，可惜我的水平也有限，并不是每道题都会解，往往碰到我卡壳时，秦涵会眨巴着那双大眼，略显期待地问是不是可以叫周谨上来看看这题。

"别别别。"我拼命摆手，"他讲题那态度能气死人，我劝你别轻易尝试。"

"是吗？"秦涵笑笑，失望的表情自牵扯起的嘴角边一闪而过，"应该不会吧，周谨人那么好。"

此后，为了包揽给秦涵讲题的机会，数理化我都学得格外认真。

我承认自己也有一点心机，不愿给秦涵和周谨制造更多单独相处的机会，但有几次课间，我还是看到秦涵抱着作业本去请教周谨，她在看周谨写题的时候喜欢凑得特别近，两人的脑袋都快挨到一起了。

有一回，徐南见状开玩笑道："谨哥，你们讲个题不用离这么近吧，不怕那谁吃醋啊？"

秦涵听得茫然，周谨却抬头看了我一眼，漫不经心地朝徐南笑道："她怎么会吃醋，不是早放过话，这辈子都不可能嫁给我吗。"

徐南笑得前仰后合，秦涵也跟着笑，但投向我的目光里，明显多了几丝复杂的意味。

可我没心情搭理他们，因为看到周谨写在草稿纸上的题目，每一道都是我前晚给秦涵仔细讲过的，而她当时明明说都懂了。

除了这些，我隐隐感觉到家里的气氛也发生了微妙的变化。

李阿姨来家里接秦涵时，我妈经常叫我爸开车送她们，一开始还要她"老黎，老黎"招呼，渐渐地，我爸会主动履行起司机的"职责"，不用任何人提醒。再后来，每当李阿姨敲开门后，他会自然而然地在房间外喊一句"涵涵，收拾下书包，回家了"。

像这样的次数多了，我心里的反感便愈加强烈——我不喜欢秦涵对周谨的亲昵，更不喜欢我的爸爸对外人亲昵。

好多次我都快要憋不住了。

"爸爸，我不喜欢你对她们这样好。"

"爸爸，其实她们有的是办法能自己回去，为什么非得你送呢？"

但话到嘴边，又实在说不出口。我曾寄希望于妈妈能有所反应，可那段时间她正忙着带一个很重要的项目，生活日夜颠倒，根本没有察觉。

我心里藏着情绪，却无从发泄，和爸爸的话也越来越少，他却只当我是青春期的正常叛逆。

心事积压得久了,终有爆发的一天。

6.

我本以为,负面情绪一旦累积得突破临界点,随之而来的必定是一场风暴般的宣泄。然而当它真正来临的那一刻我才知道,人在内心山呼海啸的同时,也可以麻木地沉默下去。

升入初三后,我妈变得越来越忙,她开始频繁出差,一个月在家待不了几天。于是,每天的晚餐人数从四个变成三个——我、我爸和秦涵。

那时,我们父女之间的交流已经彻底沦为形式,每晚饭桌上,他会固定问我几个问题,"今天在学校怎么样?""最近测验考得怎么样?""中午食堂吃了什么?"

我一般回以"还行""挺好的"或者最简单的答案,要多敷衍有多敷衍。

他觉得自讨没趣,偶尔会责怪道:"礼礼,你现在的性格没以前好了。"

一听到这种话,我都会放下碗筷扭头就走,然后重重关上房门。

我爸火气上来,又碍于秦涵在场不好发作,如此几次后,我和他之间彻底无话可谈。

这头,我和我爸互相僵持不下;那头,秦涵却表现得愈加懂事贴心。

她会接过那些被我聊死的话题，主动分享学校里的趣事，还会夸我爸菜做得好吃，把他哄得眉开眼笑。

在他们的欢声笑语中，我安静得可有可无。

我无法不去嫉妒秦涵，明明她才是外来者，却在这里过得游刃有余。不知道爸爸看着她开朗的样子时，会不会想起我也曾这样无忧无虑，是他唯一的小公主。

三中附近开了一家培训机构，放学时店员在校门口发传单，顾瑶和我一人被塞了一张，她看都不看就揉成团，丢进路边的垃圾箱里。

"这玩意儿可千万不能让我妈看见，还嫌我作业不够多是不是。"她愤愤道。

我将传单叠好收进书包里："秦涵人呢？怎么没见她的人影。"

"又去看我哥打球了呗，这段时间篮球校队集训，她哪次能落下。"顾瑶嘟囔着，不满地用胳膊肘拱了拱我，"我说大姐，再这样下去，你这段'金玉良缘'可要被搅和黄了啊！"

我不耐烦："什么金啊铜啊的，跟我有关系吗？"

"怎么没有？你和我哥，那可是咱院里的老少爷们儿内投出来的金童玉女，娃娃亲虽然没有法律效力，但是有群众基础啊。"

"呵呵，拉倒吧。"我嗤笑。

回家后，我把传单推到爸爸面前。

"这个机构补课挺不错的，我想去报名。"

他接过端详了两眼："课程安排得挺满啊，周五、周六、周日晚上都有课，会不会太辛苦了？"

我低头闷声道："明年我想考附中，以现在的成绩来看，还差一点。"

"我闺女有志气啊。"他欣慰道，"既然你有目标，爸爸肯定支持你。"

第二天放学，我就去那家机构缴了费。

"你什么时候开始对自己这样狠了……"看着我付款时毅然决然的样子，顾瑶止不住地感叹。

我不知该怎么向她说明，最后只能笑笑。

考附中当然是我的真实愿望，那是全市最好的高中，没有理由不向往，但我还有其他原因。

一方面是因为秦涵，以她的成绩肯定上不了附中，如果我们不在一个学校，那所谓的"互相照应"也就不成立了，那么她和她妈妈就应该会从我们的生活里退出，这是我能想到的挽救现状最平和的方法。

另一方面……是因为周谨，他是一定会考附中的。虽然不想承认，但我的确希望高中三年也能时时见到他。

补课的日子是真辛苦，每回刷题刷到凌晨，我都为自己的决定懊悔不已。如果是周末，还能睡个懒觉，最可怕的是在困顿中迎来周一。

最累的一次，是某个周一早晨的国旗下的讲话，我在操场上几乎站着睡着了，若不是准备上台发言的周谨经过时扶了已经摇摇晃晃的我一把，三中必将流传出一段"某学生因听校长讲话而当场昏厥"的经典传说。

于是，当天中午，在课代表通知完物理老师要占用午休讲上周测验卷的消息后，周谨径直从后排走上前，一把拽过我的胳膊就朝教室外走。

"你干吗？"我莫名其妙，"马上要上课了啊！"

他不接话，在走廊边一双双好奇的眼睛的注视下，自顾自拉着我下了楼梯。

周谨把我带去了医务室。

"医生，她不舒服，老师叫我带她到这休息一会儿。"我被周谨牢牢按坐在病床上，听他一本正经地胡说八道。

"哟，脸色是不太好，先留在这里观察一下吧。"校医潦草地瞧了一眼，转身出去填单子，我趁机推开周谨的手，"你把我带过来干吗，我上课怎么办？"

"就你这站都站不住的样子，怎么好好听课？"他背靠白墙，双手习惯性插进兜里，反问道，"看了你一上午，快把我自己都看困了。"

"你，你老看我干吗……有病……"

周谨听了倒不生气，而是俯下身，慢慢凑过来。

视线里，清俊的面孔越靠越近，我僵坐在床沿，纹丝不敢动。

那阵网上流行过一个段子：不要轻易尝试和颜值高的人做同一件事，不然人家没事，你有可能被打。

说真的，这家伙要不是仗着有这张脸，我早就一巴掌招呼上去了！

"你瘦了。"他近距离端详半晌，说。

"真的吗？"我的手摸上脸，有点惊喜。

那双狭长的眼眸微弯，嘴角挑起一个狡黠的弧度："假的。"

"麻烦你滚……"

"好嘞。"周谨闷笑一声，离开时顺手替我拉上了隔挡帘子，"控制点别睡过头，我只管送不管接。"

映在半透明帘布上的校服身影渐渐淡去，医务室里一片宁静。我侧身躺下，白晃晃的日光洒满床铺，温暖得哄人发困。

睡了整整一中午，精神变好不少，我在上课前准时回到教室，刚坐下，就看见平铺在课桌上的物理周测卷——空白处被人用红笔仔仔细细做了笔记，每道错题旁都清楚标明了解题步骤和相关知识点。

这红色字迹清爽工整，笔画实在过于眼熟，我甚至能直接想象出那只骨节分明的手写下它们时的样子。

我转过头，教室的最后一排，几个男生正聚在一起谈论昨晚的球赛，周谨被围在正中央，半托着脑袋，以一贯闲懒的姿势和别人聊着天,嘴边挂着若有若无的浅笑。

真好奇他知不知道自己笑起来的样子特别好看。

日子一天天溜走,我在自我加压地苦学一段时间后,进步明显,我爸特别开心,再加上繁重的学业让我分不出精力去胡思乱想,父女关系倒也有了明显缓和。

秦涵那边却发起了愁。上初三后,她的年级排名一路倒退,连李阿姨的脸色也难看了起来,向爸爸打听我补课的机构,可秦涵在知道课程强度后,坚决不肯去报名。

我依然会给秦涵讲题,即使知道她第二天还是会带着相同的问题再去缠着周谨。只不过,每次看到她试卷上醒目而密集的红叉,我心里就会升腾起一种扭曲的期盼,仿佛那是昭示往日安宁回归的预言符号。

然而,生活的转折总是来得毫无征兆。

某个周五傍晚,培训机构所在的那条街临时发生电力供应故障,当天的晚课直接取消,我背着书包一路疯跑,想早点赶上家里开饭。

可当我在家楼下的大树旁稍歇喘气时,却听见楼道里传来熟悉的笑语。

心头没来由地发慌,我下意识地往树干背后一躲。

三个人说说笑笑地走出来,秦涵挽着李阿姨的臂膀,我爸跟在后边,手里还拎着秦涵的书包。

我屏息靠在树后，对话声隐隐约约传进耳朵里。

"老黎你真是的，这孩子又不是分数上去了，请她吃什么饭呀。"

"哎，这话不对，涵涵学习也辛苦了，需要适当鼓励。"

"黎叔叔，我们能不能去吃火锅，黎礼平时口味太清淡了，我不喜欢，我喜欢吃辣的。"

"没问题，叔叔带你们去，想吃多辣的都行。"

我悄悄探出半个头，看着他们走向我家的车，路灯下三人的影子并行，像极了一家三口其乐融融的模样。

夜色里，车灯照出两道光，我隐匿在树影间，看着熟悉的车从眼前驶过，拐了个弯，消失在路口。

整个大院陷入死一般的沉寂，我的脑海里充斥着无声的轰鸣。

我茫然地上了楼，站在家门口准备开门，才想起钥匙落在了昨天的衣服口袋里。

我忘了自己是怎么又下的楼，再回过神时，人已经坐在花坛边，不知发了多久的愣。

所以，在我缺席的那些晚上，他们也经常出去聚餐，像一家人一样？

我凝望着他们离开的方向，路口外车流不息、人来人往，路口内白墙惨淡、灯影昏黄。

一界之隔，却已是两个世界。

"礼礼？"一个温柔的声音从背后响起，"怎么一个人坐在这儿呢?"

我回过头,对上周谨妈妈关切的眼神。

7.

我被周妈妈带回了家。

"礼礼还没吃饭吧,跟叔叔阿姨一起凑合吃点。"周爸爸穿着围裙,从厨房里端出刚炒好的菜。

周妈妈盛了一碗热饭递给我,有些不好意思道:"周谨那小子今天去篮球集训了,他不在家吃,我和你叔叔晚饭就准备得简单了点……或者你想吃什么,阿姨叫个外卖?"

我连忙摇头,捧着碗,夹了一大筷子菜就埋头吃起来。

我不敢出声,害怕一开口,眼泪就会往下掉。

"老黎这家伙上哪儿去了,女儿回家都没人管,我来给他打个电话。"说着,周爸就掏出手机,却被周妈妈用眼神制止住了。

我机械地动着筷子,装作什么也没听见。

"礼礼刚才说,不想联系她爸……"

吃过饭,周妈妈让我去周谨的房间里写作业。

反手关上门的刹那,我听见她压低声音和周爸说:"林秋带回来的那对母女到底什么时候才能走啊……"

这还是我上初中后第一次进周谨房间,格局布置还和小时候一样，只是摆放的东西从玩具、画本变成了篮球、CD和成堆的书。

另一个没变的地方就是书桌旁的玻璃柜里居然还摆着小学时我送给他的画———张锦鲤图。

那阵子我立志要当画家，一下课就喜欢蹲在教学楼后的小池塘边，握着水彩笔专心画里头游来游去的鱼。周谨生日那天，我从自己的十几张"大作"里专门挑出这一张送给他。

"这是什么啊？"记得周谨接下时一脸嫌弃。

"锦鲤啊，跟我俩的名字一样，谨礼谨礼。"我得意道。

如今这张"水彩大作"被升格装进了小画框，我看着纸上幼稚的线条，眼前浮现收礼人当年勉为其难的样子，嘴角就不自觉弯了起来。

我摊开习题册，准备写作业，笔尖在纸上转来转去，却怎么也无法集中注意力。傍晚那一幕在眼前挥之不散，此时此刻，不知道他们正在哪家火锅店里愉快地用餐。

我很想妈妈，可又不敢联系她，工作已经够她焦头烂额了，不能再让那些乱七八糟的事情打扰到她。

无心学习，我索性推开卷子，从书架上抽出一本书随意看了起来。这书的纸页被翻得有些发旧，应该是周谨经常阅读的一本，我耐住性子看下去，困意却渐渐涌上来……

再睁开眼时，周谨已经站在跟前，手里捏了张纸巾，面无表情地看着我:"你的口水差点流到我桌上。"

我惊慌地起身,头顶直接撞上他的下巴,两个人都吃痛地倒退两步。

"对……对不起——"

门外响起周妈妈的声音:"礼礼,收拾好了吗?你爸在等你。"

我心里一冷:"我爸……在外面?"

"对啊,我刚回来就看到你爸和我爸妈坐在客厅里,正儿八经地不知在聊什么。"周谨捂着下巴道,"我妈说你在房间里写作业,叫我进来喊你,谁知道在睡觉呢。"

我不作声,抓起桌上的本子就往书包里塞。

"喂,你怎么看上去有点不对劲啊?"周谨单手撑在桌上,眯起眼,"睡傻掉了?"

"撞傻了行了吧!让开!"我烦躁地把气撒在他身上,拎起书包就要走。

周谨耸耸肩,先我一步打开房门,脸上写着"走好不送"。

"礼礼,咱们回家吧。"见我出来,爸爸从沙发上起身,神色悻悻。

"对,早点回去休息吧,孩子累了。"周家父母也跟着站起来,"周谨,你送送。"

"就住楼上,送什么呀。"我爸客气地笑笑,伸手想接过我的书包。我的手臂用力往后一甩,将书包重重挎在肩头。

他的笑意尴尬地僵在脸上。

周谨从后面跟上来，若有所思地看了我俩一眼。

经过爸爸身边时，我闻到他衣服上残留的火锅味，恶心感立刻泛了上来，我强压住情绪，刻意与他拉开距离。

"小谨，别送了，回去吧。"我爸对周谨招呼道。

周谨应了一声，倚在自家门边没动。

我心情沉重地拖着步子，委屈与愤懑彼此交织，跨过大门时，难过得快要落下泪来。

在我爸转身钻进楼道的瞬间，一只温暖的手从旁抚上我的头顶，在刚才被撞到的地方轻轻揉了两下。

我愣住，仰起脖子，迎上了周谨深不可测的目光。

夜色浓郁，无风无月，他的眼睛里却藏着满天星星。

8.

那天之后，李阿姨母女再也没有来过，不知是不是周谨爸妈说了什么，总之爸爸没有解释，我也不想追问。父女之间的关系再次降至冰点，除了妈妈偶尔回来的那几天，其余时间里，我彻底失去了和爸爸说话的欲望。

生活看似回到了从前，可实际上，再也回不去了。

在学校里碰到秦涵，人前对我还是一如既往地亲热，人后却一副阴阳怪气的面孔，好像都是我欠她似的。

反正我也不喜欢她，对她这种刻意的疏远简直求之不得。

顾瑶说，自从放学不能一道回家后，秦涵缠她哥缠得更紧了。

"敢信吗，她还在背后讲你的坏话！"顾瑶捏着嗓子模仿，"谨哥，礼礼对我态度好差，也不知哪里惹到她了。"

"谨哥，礼礼的性格一直这样吗？突然就不理人了。"顾瑶夸张地翻了个白眼，"还是徐南告诉我的，但凡我也在场，她都不敢讲这些话！不过，你知道我哥听完是怎么说的吗？"

"怎么说？"我装作漫不经心。

顾瑶清了清嗓子，模仿起周谨冷淡的语调："嗯，礼礼确实不喜欢话太多的人。"

"你哥？周谨？他会对秦涵这样说话？"我诧异道。

顾瑶捧着肚子笑了足足一分钟，然后伸手勾过我的脖子："说实话，最开始吧，我也怀疑过周谨对秦涵是不是有点意思，所以旁敲侧击地问过，我说：'哥，你觉得秦涵漂亮吗？'周谨答：'无不无聊，你自己没长眼睛？'于是我又问：'哥，那像她这么好看的人，你会不会有点喜欢？'然后你猜怎么着？"

"怎么着？"

"周谨说，他喜欢不来一道题教了三遍还不会做的人，再漂亮也不行。"

初中最后的时光在一张张翻飞的试卷间倏然流逝，这段日子里，除了校队在市篮球联赛中一举夺冠，再没有其他事件能让人从茫茫题海中抬起头。

三轮模考结束，我的成绩已经稳在附中往年分数线之上，而周谨也顺利拿到了推优保送名额。

志愿表下发那天，我正在纸上一笔一画地书写"A大附中"几个字，周谨刚好打完球回到教室，白校服外面套着明星球衣，额前还绑了条黑色运动头带，活脱脱从少女漫画里走出来的人一样。

他拧开一瓶冰水，边走边灌，路过我的座位时，目光不经意地扫了眼桌面，脚步略顿一秒后又继续朝前走。

"高中见。"他说。

高中见。我心里说。

中考前半个月，我妈请好假专程回来陪考，家里又回到了三口人热热闹闹的状态。

晚上复习时，我喝着她端来的热牛奶，听到客厅里她和爸爸随意聊天的声音……有那么几个瞬间，生活仿佛从未偏离过原来的方向。

风平浪静的日子一直持续到考试前夜，当晚，一通来自李婉的电话击碎了粉饰已久的假象。

即使隔了两道紧闭的房门，争执声还是挡不住地往耳朵里钻。

我蜷缩在门后，感到整个家正天崩地裂般地坍塌。

妈妈近乎疯狂地咒骂着,爸爸始终沉默。摔砸打闹,每一下动静都像根鞭子,狠狠抽在我的神经之上。

到最后,风暴渐息,在一片令人窒息的安静中,我听见几乎力竭的妈妈哭着质问:"黎建阳,和李婉鬼混的那些天里,你在女儿面前从来不觉得愧疚吗……"

9.

中考后的暑假还没过完,父母就办好了离婚手续,在没有"冷静期"的年代里,彻底结束一段十几年的婚姻只需要短短几天。

原本爸爸打算把房子留给我们,但被妈妈拒绝了,她说一想起这是前夫和小三都待过的地方就直犯恶心。

最终,爸爸按房产市价折算成钱款,再加上他的大部分积蓄,一起打到了妈妈的账户里。

搬家前一晚,我从外面回来,刚走到单元楼下,就听见楼里传来两个女人刺耳的争吵声。

"林秋你报复我是吧!耍心眼把钱都拿走了,想让我和秦涵再去吃缺钱的苦头?门都没有!"

"你搞清楚,是黎建阳执意要补偿我们母女的,有本事你去找他要个交代,别只敢趁他不在家的时候找我横……"

是李婉……我脚步一滞,她居然上门找麻烦来了?

李婉的咒骂还在继续,撕开平日里温柔似水的伪装,她的真面目就是个彻头彻尾的泼妇。如果这时候爸爸也能看到就好了……

想到这儿,胸腔里一股血气直涌上头顶。

"礼礼,你别动!在原地待着。"我被闻声而出的周妈妈一把拉住,拽到旁边。接着,就看见她和周爸爸匆匆上楼的背影。

很快,"战局"中多了两个声音,我听见周妈妈大骂李婉"白眼狼""寄生虫",连一向敦厚的周爸爸都说了难听的话。

如此攻势之下,李婉的气焰明显弱了下去,但四个人的火力也吸引来了更多人的注意。

一时间,楼上楼下,不少窗边纷纷探出脑袋,四下张望。

"怎么回事?"

"好像这家男人外遇了,老婆和小三正闹着呢。"

"不就是三楼的黎家吗,我看到过,那个女的……"

议论声渐起,像有无数只蜜蜂从四面墙体里飞出,嗡嗡嗡地朝人耳朵里钻。

我后缩几步躲进树影里,避开那些好事者扫来扫去的视线。

喧哗之中,已经分不清是谁先尖叫了一声,紧接着愈演愈烈。我蹲下身,拼命捂住耳朵,却怎么也抵挡不住那些令人崩溃的噪声。

地面斑驳的阴影里,仿佛潜藏着无数个李婉,狰狞着朝我逼近,对我咆哮,试图将我拖入这片泥泞的黑暗中,以换取她们的重生……

惶惶间，纷乱的大脑里却倏忽闪过一个念头——我绝不如她们所愿……

下一秒，全世界突然安静了。

我抬起头，怔怔看着周谨蹲下身，指尖触碰到他刚才轻轻套戴在我头上的东西——耳机。

软垫覆上耳朵的瞬间，周遭像被按下了消音键。接着，耳机里播放起音乐，一首浪漫而轻快的外语歌。

异域女歌手声音慵懒，用一种我不熟悉的语言低低浅唱，唱着唱着，树下这片小小的藏身地忽然变成了一座小小的岛屿，漂浮在光影交错的大海上，四面临海，四处笙歌。

带我上"岛"的人，此刻正与我静静相视。音乐在我们周围流淌，时光在无声处沸腾，这个与我一起长大的少年眼里藏着星星，而这也是十几年来第一次，我在他闪烁的眸光中，看到了自己。

"谨哥……"我声带颤抖着，嗓音酸涩。

周谨双手轻轻搭在我的肩上，以示回应。

"我考砸了，对不起……"

歌声渐止，最后一个音符消散在风中。

世界再次归于降噪后的沉默。我垂下头，害怕看到他失望的眼神。

成绩是下午出来的，我的分数不仅上不了附中，也对不起曾经为之付出的所有努力。

查完分后,我跟妈妈编了个理由说去趟同学家,她担忧地看了看我,终究只是说了句"早点回来"。

我漫无目的地走在街头,穿过人群车流,那些来来往往的热闹都离我很远。脑袋昏昏沉沉,似乎想了很多事,又似乎什么都没想。

等回过神来,我才发现自己正站在那条知名的银杏大道上,一抬头,就看见马路对面雅致的校门,上面写着"A大附属中学"。

时近黄昏,整座校园都沐浴在柔和的夕阳余晖中。我用目光摩挲过视线范围内的每一栋建筑——致远楼、明理楼、崇学楼……每个刷题至深夜的日子里,这些名字都在心中被反复默念过无数次。

校门开了一个口子,几名男生抱着篮球从里面出来,他们都穿着白色衬衣和藏青色裤子,上面印着附中校徽。如果要评选最爱穿校服的学生,附中学子一定个个榜上有名。

这几人穿过马路,嬉闹着从我身旁经过。短短一瞬,我就像看到了周谨上高中后的样子。

未来三年,他也会穿着这身光环般的校服,坐在附中的教室里听课,放学后和同学一起打球,照片被贴上荣誉榜,继续成为某些人青春里的一道风景……

细数起来,我和这家伙当了九年同班同学,或许也是时候该分开了。

最后一缕余晖在校门口的烫金大字上一闪而逝,人间忽暮,夜风夹带着落日余温,从太阳消失的地方呼啸吹来……

身体的突然前倾将我从思绪中拉回到现实,发现自己的肩膀被周谨扶住了。

我缓了两秒才反应过来。

耳机还罩在耳朵上,听到满世界都是急促的心跳声。

周谨好像说了什么,因为他的喉结微微振动了几下。

我摘下耳机:"你说什么?"

并没有得到回答,只是后脑勺被那双手抚了又抚。

10.

妈妈在老城区内一处勉强算新的小区里租了房子,那一带好的选择非常少,但离我要去的高中非常近。

我被自己的第三志愿世西中学录取了,说来好笑,这所学校是我当初闭着眼睛瞎填的。

严格来说,世西不能算特别烂的学校,它也曾经辉煌过,只不过随着城市更新发展,核心地段南移,好的生源也随之流失,久而久之,这所学校便和周边区域一样,逐渐黯淡平庸。

归置完行李,我打算下楼买杯饮料,结果从街头走到街尾,不要说奶茶店了,连家像样的便利店都没有。

毒日当头,照得人又热又渴,我在这条凋敝的路上走了十几分钟,终于看到一家招牌上写着"咖啡、甜品、简餐"字样的小店。

推门进去,挂在门上的风铃一阵叮当,凉爽的空调冷气迎面扑来,晒得蔫了吧唧的人一下子缓过来不少。

这家店不大,看上去还挺干净,天花板上垂下来一条条半旧不新的仿真藤蔓,虽然塑料感十足,但放眼周边已经是很用心的装修了。

这个点,店里没有其他客人,吧台边歪歪斜斜倚着个板寸头男生,像是店员,正低头专注地用手机打游戏,丝毫没发现有人进来。

我走到近前,轻轻咳了两声。

"等一下,这局马上结束。"男生头也不抬地说了句。

我不可思议地瞪着他,但毫无用处,他的眼睛就像黏在了手机屏幕上似的。迫不得已,我只好忍着口渴继续傻等,好在这里还有空调吹。

也不知道这个"马上"是多久,总之他还在继续沉迷战局,我百无聊赖地东张西望,于是在吧台边的小圆桌上,瞧见了一张样式熟悉的纸。凑近一看,果然是世西中学的录取通知书,抬头那栏写着"楚言同学……"

楚言……是这个人吗?我不确定地打量起吧台里站着的那位。

这人个子很高,手臂看上去相当结实,可能是特意练过或者经常搬运重物,也可能兼而有之。他露在外面的皮肤呈小麦色,但拉起的袖口暴露出其衣物遮盖下原本的肤色——很白,和经常晒太阳的那部分皮肤色差明显。

仔细看，模样还挺精神的，毕竟能驾驭住板寸的人长相肯定不差。只不过在他身上我看不到什么学生气，或许是见多了周谨和徐南这样的男生，和他们相比，总觉得眼前这位有点"社会哥"的意思。

"呃，请问你也是世西这一届的新……"

"Defeat（战败）！"

男生骂骂咧咧地把手机往桌上一拍，又拿起来，气呼呼地发了条语音。

"赵吉你以后能不能别带你妹来一起玩游戏？团战的时候缩在后面不上，大招放一个空一个，玩你大爷呢！"

他凶巴巴地对着手机吼完，终于一脸不耐地注意到了我："要点什么？"

我……还真被问住了。

"你在旁边等半天，都不知道看一眼菜单的吗？"他略显无奈地将一本活页本推到我面前。

我悻悻地翻开，这菜单居然是手写的，上面的字还不大好看，难道也是出自这位……

"你看我干吗？选好了就说啊。"他奇怪道。

"那个……要一杯生椰拿铁。"

"生椰没了。"

"那……杨枝甘露？"

"杧果也没了。"

"那你有什么?"我火气有点上来了。

男生抱着胳膊看我,忽然笑了:"外面很热吧,荔枝薄荷冰茶喝吗?消暑上品。"

他笑起来的样子还挺亲和,直接把我的火气给浇灭了。

"好,多少钱?"我在菜单上找价目。

"别翻了,上面没有。"他转身打开冰箱,取出一个密封玻璃瓶,里面泡着清爽的薄荷叶和白玉似的荔枝肉。

"这是我做了自己喝的,今天拿来招待同学,不收费。"他将茶饮倒在塑料杯里递给我,说,"楚言,世西新高一九班,你呢?"

"新高一一班。"我被问得猝不及防,没想到刚才问到一半的话他居然听见了。

"原来是实验班的学霸啊,失敬。"楚言给自己也倒了一杯,举在手里却没喝,打量着我道,"恕我直言,总觉得你不像世西的学生。"

"什么意思?"

"怎么说呢,世西的学生我见多了,也认识不少,大部分都是从小在这一片长大的。"他举杯喝了一口,斟酌着措辞,"反正就……都不是你这样的。哎,你哪个初中的?"

"市三中。"

"嚯!怪不得呢!"楚言一扬眉,"考砸了吧。"

"是啊。"我坦率地点点头。

他又笑了,这人打游戏时看上去凶兮兮的,没想到还挺爱笑。

"总之呢,这是我家的店,放假时白天我基本在,欢迎随时光临。"他拿起手机,又开始了新的一局。

我谢过他的饮料,转身推门要出去。

风铃叮咚,身后传来他不经意的询问:"还没说你叫什么呢,学霸的名字也要保密?"

"黎礼,黎明的黎,礼貌的礼。"

11.

这个暑假格外漫长,好在顾瑶偶尔会来看我。

第一次见面,她冲上来就紧抱住我,几乎快哭了:"天哪,礼礼,我打车过来,一路上连家靠谱的奶茶店都没看到,这日子你可怎么过啊!"

我费力挣脱那个能勒死人的拥抱,把她拖进楚言家的店。

吃的喝的还没端上来,她就盯着楚言撩衣服下摆时无意间露出的腹肌直咽口水。

我说:"别看了。"

每次来,顾瑶都会跟我分享那边的"情报"。

"你们前脚刚搬走,秦涵她们后脚就提着大包小包来了,生怕晚一天就搬不进去了似的。

"人是搬进来了,但院里的叔叔阿姨都不爱搭理她们,就连我姑姑姑父他们都不怎么跟你爸来往了……我姑姑说,黎叔叔背叛了林秋阿姨，就是背叛了他们四个从大学到现在的情谊，这种朋友不当也罢。

"哦，对了，李婉来找你妈妈闹的那次，我姑气不过就上去扇了她一巴掌，现在她见到我姑都躲着走……"

"还有这个，我哥让我带给你的。"说着，顾瑶从背包里拿出一本蓝色封面的书，我认出是那晚我在周谨房间里看睡着的那本。

"那啥，他说你上次口水流到了书上，索性送你吧。"顾瑶尴尬地挠挠头，"周谨就这臭脾气，你别理他。"

我满头黑线地接过，眼前同步浮现周谨交代这话时的面瘫脸。

"其实我哥挺关心你的，只是面上不说罢了。"顾瑶找补道，"他现在天天被关在附中上课，连手机都不能带，我和他暑假里才见过两面，每次他都会问起你。"

"暑假不是还有一个月吗，附中已经上课了？"

"提前上高一的内容，附中不是向来如此嘛。而且周谨在A班，大部分人以后要走竞赛保送路线的，上课进度自然要比其他班级快很多。"

我恍然，这才想起附中的确有这样的传统。

顾瑶端起饮料喝了一口，忽然掏出手机对准吧台边的楚言拍了张照。

"你干吗？"我拉住她。

"晚上去周谨家蹲他，给他看看你的新同学。"顾瑶坏笑着把手机举给我,"拍得还挺帅,是不是?"

晚上回到家,我心不在焉地翻开那本书。

周谨分明是胡说,那天我是睡着了,但根本没有流口水……不过让我走神的不是这个,而是顾瑶下午说的附中的事。

虽然整个暑假我都在安慰自己只要足够努力,在哪个高中念书都一样,可她的话还是提醒了我——世西和附中之间的差距,恐怕就是三年后我和周谨之间的差距。

瞬间,焦虑感涌上心头。我推开窗,茫然地向外张望,透过重重夜色,仿佛看到城市另一端,那座门口林立着银杏树的校园里,一间间教室此刻灯火通明,课桌上是高高垒起的试卷和题册,书堆后面的每个人都在埋头写字……他们在拼命奔跑,要把其他人远远甩在身后。

这个暑假实在发生了太多,我还来不及从一桩事情的阴影里走出来,另一桩事情的危机感又接踵而至。

心里一团乱麻,手指却被书页的某个尖角戳了一下。

我低下头,发现刚翻过去的那页有个折角。

折页上,有一行字被人用黑色水笔画了条线。

"确定无疑的事有这么一两桩,就足以抵御世间的种种无常……"

剩下的假期里,我买了教辅书,开始预习高中的课程。大部分时间在家里,偶尔在楚言家的店里。

"三中出来的学霸就是不一样。"打游戏的间隙,楚言抬头瞄我一眼,"你是第一个在我这儿刷题的人。"

我托着脑袋,在卷子上写写画画:"一个人在家里学不进去,还得在有白噪声的地方才看得进书。"

他笑道:"学霸,我的意思是你看看周围。"

我依言环顾四周,今天店里和往常一样,坐了不少年纪相仿的人,都和楚言一样正低头专注地打游戏。

风铃响动,又有人推门进来。

"楚哥,赵吉他们到了吗?"

楚言指指楼梯:"早上去了。"

那人应了声,从旁经过时看到桌上的卷子,于是用一种奇怪的眼神打量我。

"现在知道,我为什么说你不像世西的学生了吧?"楚言轻笑着,又开了一局新游戏。

12.

直到开学那天,我才真正领教了他这句话的意思。

人来人往的校园里,身边经过的女生个个穿着改过的校服,原本宽松的上衣变成了紧致修身的版型,勾勒出青春期少女的美好曲线。我老老实实穿着原版尺码走在她们中间,显得格格不入。

男生更夸张,开学第一天公然掏手机就算了,竟还有人踩着滑板飞来飞去,而且这一路上,我见到了不下五个黄毛。如此奇观,闻所未闻。

我突然很懊悔,第三志愿也应该认真想好了再填的……

走进教室,课桌上已经按学号贴好了姓名,我的位置在第一排第一个,刚坐下,其他人的目光就齐刷刷扫了过来。

看得出来,座位顺序是按录取名次排的。

后座女生放下了书,我认出她的脸,假期在楚言那里见过她几次。

这女生一头黑长直的秀发,气质很特别,清清冷冷,自带生人勿近的气场。见我在看她,也毫不客气地打量起我来,脸上写着"你看什么看"。

"你好,我叫黎礼。"不知道为什么,我完全不介意她那种带刺的目光,"怎么称呼你?"

女生面无表情地指了指桌上的标签,上面写着"02江皎姣"。

"我记得你,暑假在咖啡店见过几次。"我尝试和她套近乎。

江皎姣收回目光,整理起桌上的课本,语气淡淡的:"我也知道你,三中来的学霸。"

察觉到冰山少女的态度有所松动,我赶紧伸出手热情道:"很高兴认识你!"

结果她冷脸回了句:"你抢走了我的第一名,觉得我会高兴吗?"

我讪笑着收回手,心里却一阵莫名感动。

真好！这个地方还有其他在乎成绩的人！

一天下来，几乎每科老师都记住了我的名字，尤其在班主任的课上，我超出录取线三十分的事迹被翻过来倒过去地强调，搞得我恨不能钻到桌子底下听课。

这是我十几年来头回拿第一，虽然是在世西这样的学校里，但也怪不习惯的。

好在，我发现这个班的学生和其他班的相比，简直正常太多了。没有人造型扎眼，也没有人上课打闹，每堂课进行得都还算顺利，尤其是晚自习的出勤率，绝对全年级第一。

晚自习课间，我上完厕所回来，刚坐下，就听见背后江皎姣冷淡地发问。

"喂，你这分数其实可以上更好的学校，怎么跑这儿来了？"

我一愣，这是她第一次主动和我讲话。

"噢，因为当时我是打算冲附中的，第二志愿按我平时成绩来说稳录，所以第三志愿随便填了一个，没想到最后一路掉档就……"看着她的眼神，我意识到自己话多了。

"那……那个，方便问一下你的分数吗？"我小心翼翼道。

她垂下眼皮，闷闷道："比你低十五分。"

"你这分数也可以去更好的学校呀。"我心想，该不会这姐们儿也是志愿填坏了吧？

"宁做鸡头，不做凤尾。"说完，她没好气地看了我一眼，便不再开口了。

好吧，都怪我抢了"鸡头"，害她现在只能当"鸡脖子"了。

晚自习结束，教室里走出几个稀稀拉拉的学生。这才开学第一天，不敢想象再过段时间，还能剩几个人。

我随着人群走，心想高中第一天就这样结束了，不知道周谨、顾瑶、徐南他们都过得怎么样。

忽然，一个熟悉的声音叫出了我的名字。

脚步登时止住，我花了十几秒钟，才艰难地转过身。

流动的人影间，我看到了一张最不想见到的脸。

秦涵……她为什么会在这里？

"礼礼，一个暑假没见，不认识我啦？"

秦涵追上来与我并肩，脸上依旧挂着那甜甜的笑容，甜到令人发腻。

"你怎么在这儿？"我不敢置信地问，她的中考成绩连世西都上不了。

"怎么啦，你能来的地方我不能来？"秦涵调皮地皱皱鼻子，语气中却露出锋芒，"你的好爸爸、我的黎叔叔帮忙交了借读费，现在我是高一十二班的借读生，咱们啊，来日方长。"

像被一盆冰水从头泼到脚，夏末的晚风一吹，我努力克制不让自己发抖。

"礼礼，你说你初三那么用功干吗，样子做得好看，最后还不是不能和周谨一起上附中?反倒是我,现在天天能和谨哥待一会儿。"

我转头盯着她:"天天待一会儿?"

"对啊。"秦涵得意道,"暑假里我们还经常出去玩呢,怎么,他从来没和你提过吗?"

我冷笑:"附中暑假就在上课了,你和鬼一起出去玩呢?"

秦涵神情僵硬。从她茫然的反应来看,好像根本不知道周谨一直在上课这回事。

无意浪费时间,我撞开她的肩膀,头也不回地往校门口走去。

可出了校门,又见到了另一个不想见的人。

"礼礼!"爸爸等在车边,惊喜地叫住我。他既像是在等秦涵,又像是在等我。

我站在原地,一步也不肯再向前。

"礼礼,爸爸送你吧。"他走近几步,语气恳切又小心。

"黎叔叔,你送礼礼吧,我坐公交车回去就行。"秦涵跟上来,又开始扮演善解人意的乖乖女,"你们一定有好多话要讲,我就不在边上碍事了。"

"可是……涵涵,这学校离家太远,晚上你一个女孩子不安全……"爸爸看看她又看看我,欲言又止。

"礼礼,那我们一起上车吧。"秦涵想要过来拉我。

我掉头就走,不管身后那俩人怎么一唱一和地大呼小叫。

"学霸,有人在喊你。"楚言骑着车,声音从后面追上来。

"有小路可以抄吗？"我问。

"啊？"

"有小路可以抄吗？"我重复，"让那两个人看不见我就行。"

"算你问对了人。"他慢悠悠踩着车与我并行。

"跟我走。"

老城区路网错综复杂，弯弯绕绕像走在迷宫。

深巷又窄又长，楚言推车在前，我跟着他的影子在后。居民楼之间过道逼仄，天空被挤占得只剩一线，抬头却依然能见月亮。

走着走着，我猝不及防地撞上了楚言的背包。

"你的眼睛长在头顶吗？看天不看路？"他停下，语气调侃。

我稍稍退后，灰墙上挂着盏暗淡的路灯，微光落在楚言的眼底，倏忽一瞬，竟让我想起了周谨的眼睛。

"你在这种地方生活过吗？"他回过头，继续朝前走。

"什么？"

"这种，几十年没怎么发展过的地方。"他背对着我，身形在局促的空间里显得更加高大，"抱歉，之前无意间听到一些你和你朋友的对话。你……从小长大的环境和这里很不一样吧？"

这着实是个让人意外的问题。

"没有。"我否认道，"你该不会以为我是从什么富人区搬出来的吧？那里也就是这种普通的居民楼而已。"

他很轻地笑了一声，没有回头，也没有再说话。我们继续走着，像头顶的月亮一样沉默。

到小区门口，楚言停下脚步，我道了声谢谢，越过他，走向亮着灯火的楼宇。

"黎礼。"他忽然开口，很难得地没叫我"学霸"。

我回过头，望见他站在路灯下，暖黄色的光柔软地落了一身。

"都是暂时的。"他说，"你不属于这里，早晚会去到你想去的地方。"

13.

时间不快不慢地过着，我一边尽量适应世西的节奏，一边努力保持自己的锐劲，每天刷题到深夜，像初三时那样。

卧室墙上挂着一幅日历，似乎是上一位房客留下的，搬进来之前我一度以为这类物件已经退出现代人的生活了。

挂历上画了许多红叉，最后一笔停在我们入住的前半个月，是那位素未谋面的房客唯一留下的痕迹，我不知道究竟是他或她的习惯，还是因为别的什么需要这样数着日子过，但渐渐地，我也开始迷恋上了临睡前画一笔这件事。

纸上的红色记号在停了半个月后又重新续上，接力起了另一段人生。

那段时间里，我时常觉得自己像一只迫切成长的幼鸟，等待着羽翼丰满，等待着飞出低谷。日历上每多一个红叉，就离那天更近一步。

休息时，我会拿起那本蓝色的书，它被周谨翻过许多遍，又被我翻过许多遍，看起来越发显旧了。

我把那句话抄在本子上，一遍一遍在心里默念。

"确定无疑的事情有这么一两桩，就足以抵御世间的种种无常。"

某天课间，我忽然收到了一条来自顾瑶的莫名其妙的消息。

"看到勿回！手机马上要被收缴，我要失联了！"

我当场拨回去，结果电话那头传来"对方手机已关机"。

好巧不巧，上课铃也响了，我只能截图发给周谨，打了个问号。

本以为这个大忙人起码要等到晚上才会回复，结果才过去五分钟，手机就振了一下。

周谨："没多大事，顾瑶她妈怀疑她和徐南早恋，估计今天告到学校那边去了。"

我一边提防着正在讲课的班主任，一边偷摸在桌肚里回复消息。

我："哦。"

周谨："呃……"

我："你学坏了，怎么上课玩手机呢？"

周谨："彼此彼此。"

我抬头看一眼老师的位置，确认安全后找了个翻白眼的表情发过去。

我："看来附中管得也不严。"

过了一分钟，手机连振两下。

周谨："严的，尤其是抓早恋，跨校的话还会联合抓。"

周谨："所以你要小心。"

我不解，纳闷要我小心干吗，结果椅子被江皎皎从后面踢了一脚，等反应过来已经迟了。

"交出来。"班主任黑着脸，居高临下地伸出手。

短短一节课不到，我和顾瑶双双上缴了各自的手机。

"黎礼，下课来趟办公室。"

啪！手机被拍在办公桌上。

"连你也开始上课玩手机了！"班主任老徐是个相当严肃的中年老师，她脸一板，我就忍不住缩紧脖子。

"开学才一个月，已经被这里的人同化了吗？"

话一出，办公室里其他几个被罚站训话的人都看了过来。

我尴尬得要命，连忙低头认错："对不起徐老师，我错了。"

"错了，被抓包才知道错了。"老徐瞪着我，叹气，"你觉得世西中学的第一名很不错吗？有竞争力吗？"

我摇摇头。

"这个先保存在我这儿。"她将我的手机收进抽屉里，"按

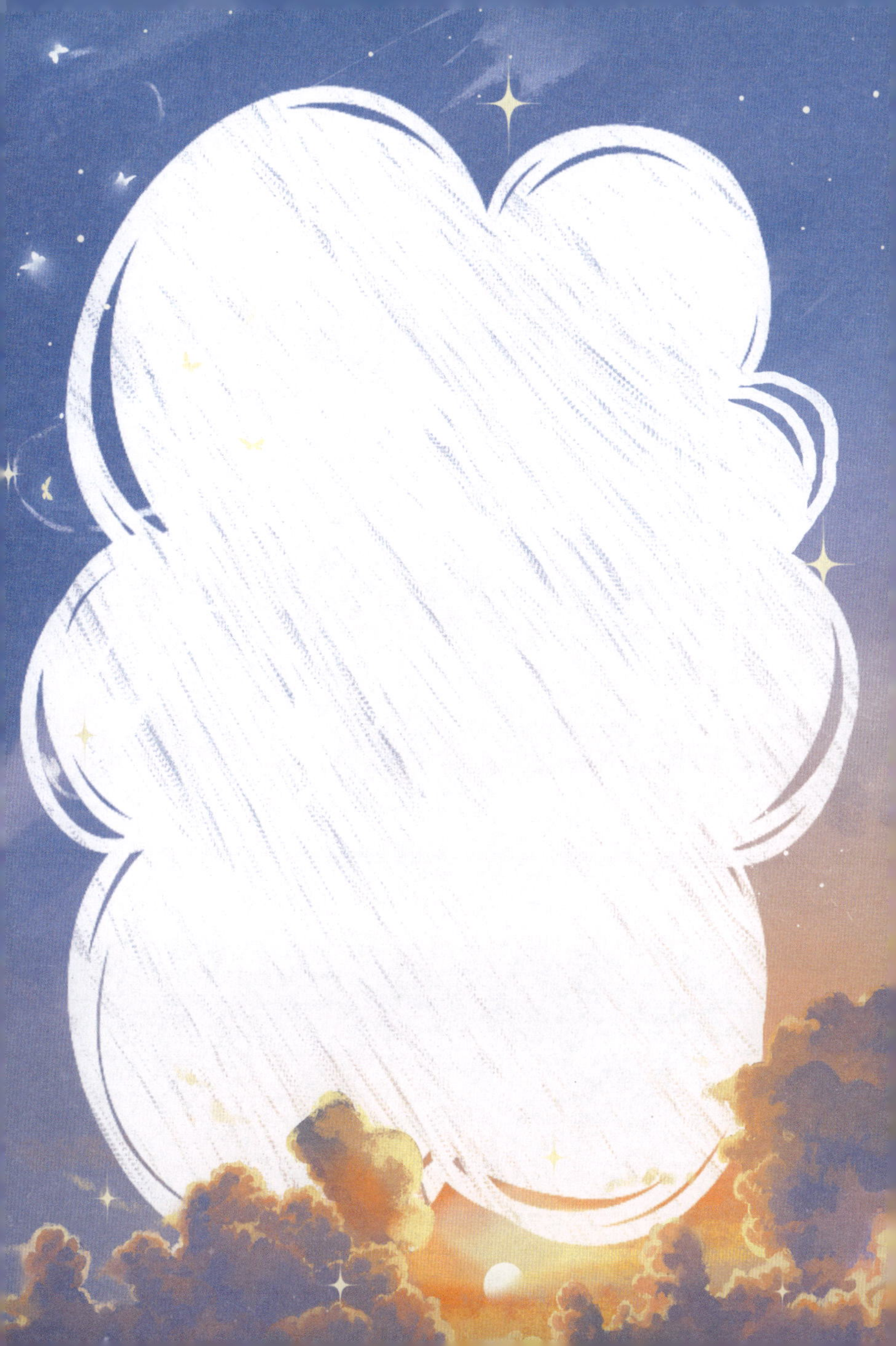

照历年情况来看,本市高考前四百名有机会上重本线,如果期末全市统考你进不了这个范围,就别想拿回去了。"

"老徐对你期望不小啊,全市前四百名每年基本被附中、青中、六中这些强校给包圆了。"江皎姣坐在操场栏杆上,晃着两条腿说道,"她是不是打听到你原本能上附中这件事了啊?"

我摇摇头,靠在栏杆边,手里拿着江皎姣递来的水。

一个月来我和她关系近了不少,江皎姣这人耿直冷淡,常年面瘫脸,又特别爱计较学习,别人都躲她远远的,唯独我很喜欢她的脾气。

不远处,篮球场上人头攒动,有一个名字被喊得震天响。

"楚哥加油!"

"啊啊啊……楚言好帅啊!"

"他在这一片是不是混得特别开?"我指了指球场上刚完成一记潇洒投篮的楚言,"怎么人人都认识他。"

"土生土长,相貌又出众,在这个小地方想不认识都难。"江皎姣淡淡道,"有件事我挺好奇的,不都说颜值越高成绩越差嘛,那你以前的学校里,有没有能比得上楚言的男生?"

"当然有!"我回答得毫不犹豫,指着前方欢呼尖叫的"粉丝团","像这种阵仗,在我们那儿都是小场面。"

江皎姣被逗笑了:"你在骄傲什么啊?"

人群忽然朝两边分开,打完球的楚言走了出来。

"学霸，待这么远干吗？"他汗涔涔地朝我走来，带着一身少年人运动完后特有的生猛劲，伸手就拿过我手里的水。

"哎！"

根本来不及阻止，楚言已经拧开瓶盖，咕咚咕咚灌了起来。

等他自顾自喝下半瓶，看见我和江皎姣两张拉黑的脸，才反应过来不对劲："啊这……不是买给我的啊？"

"哪只眼睛看到上面写了要给你？"我不满地瞪了他一眼，拉起江皎姣就走，也不管楚言在身后怎么喊："我错了！要不我给你俩重新买，行不行？"

旁边有人开始起哄："哎哟，楚哥，人家三中来的年级第一不买你的账啊！"

楚言："别瞎叫！"

离开球场时，我无意间在人群中看见了秦涵。

她放下举起的手机，对我露出一个意味深长的微笑。

我冷脸别过头，心中隐隐升起某种不太好的预感。

晚上，我借妈妈的电脑登上QQ，给周谨留言说了手机被收和期末要考进全市前四百名这两件事，又给顾瑶留了言。

发送完消息，感觉像扔出了两个漂流瓶——这两兄妹的头像都是灰色的，也不知道哪一年能收到回复。

我回房间看了会儿书，忽然听见外边有敲门声。

"谁啊？"妈妈透过猫眼瞧了瞧，"怎么是个穿校服的男生？礼礼，你同学？"

我刚迈出房间，就听见楚言的声音在门外响起："阿姨您好，我是黎礼的同学楚言，作业上有点问题想来请教。"

几分钟后，我房间的桌上摆满了零食和饮料，楚言笑嘻嘻地坐在一边。

"问个作业而已，不用这么客气吧……"我无语地看着他。

"这不是下午喝错了水，来给您道个歉嘛。"楚言拆开一根吸管插进饮料杯里，特别狗腿地递过来。

"所以，没有作业要问是吧？"

"有有有！"他从书包里掏出被塞得皱巴巴的试卷，在桌上铺开。

我一看，呵，满目红叉！

楚言有些羞惭地挠挠头："你不是期末要进全市前四百名吗，要不顺便带带我，权当复习知识点，如何？"

我皮笑肉不笑地问："你确定我带得动？"

楚言一下子红了脸。

我这才意识到，刚刚说话的语气简直是周谨的翻版——他从前就是用这种能气死人的态度给我们讲题。

气氛变得有些尴尬。

"呃，也不是不能试试。"我不自然地咳了两声，拿起笔开始在草稿纸上边写边讲。

楚言的基础很差，甚至比我预计的还要再差一点，好几次我都想扔下笔问问他究竟认真听过几节课。可他的态度又特别端正，端正到我觉得不拉他一把简直是种罪过。

"你现在充当起周谨的角色了啊？"楚言走后，妈妈笑眯眯地倚在房门边，问，"感觉好吗？"

"让周谨来这里试试，他一定后悔以前那样嘲笑过我。"我收拾着桌子，随口应道。

"别这样，世西的氛围比我想象中好，至少还有上进的人，是不是？"她说着，看了眼时钟，打起哈欠，"我得睡了，你也抓紧休息，别弄太晚。"

趁她洗澡时，我又绕到电脑前看了一眼。QQ图标没有任何闪动，对话框里依旧只有两条孤零零的留言。

日历上落下一个新的红叉，我翻开辅导书开始自己刷题，随手从刚才那沓草稿纸底下抽出一张，落笔时发现，上面居然留了一个用黑色水笔画的小小肖像。

笔触很简单很随意，一看就是偷摸着画的，即便如此，从马尾辫和侧脸轮廓也能分辨出，画中人是谁。

我愣神片刻，随后换了张纸，继续提笔。时钟静悄悄地走着，夜晚很静，连丝风声都没有。

收起所有试卷，我钻进被窝，只留桌上一盏小夜灯继续亮着。漆黑的房间里，它像颗孤独飘浮的小小星球，照映着一旁阅读架上同样孤零零的蓝色旧书。

暗淡的微光下，那本书蓝得静谧又纯粹，像从某人的世界里,偷偷剪裁下的一角天空。

14.

我做梦也想不到,两天之后,会在校门口遇到周谨。

自从知道爸爸上次来过世西,妈妈在电话里和他大吵一架,后来,他就识相地再也没有出现过,连同秦涵也不怎么上晚自习了,不过这一点恐怕正合她的意,当然,也恰巧合我的意。

所以,当天晚课结束后,我毫无顾忌地和江皎姣追跑打闹着出校门,抬眼猛然瞧见一个熟悉的身影懒懒地靠在墙边,两手插进兜里,嘴角噙笑,一双眸子映着星星点点……那一瞬间,如遭雷击!

"你怎么在这儿?"我刹住脚,心脏都快要蹦出来了。

"哪条规定说我不能在这儿?"周谨操着一贯冷淡且拽的调子,慢悠悠地走向我,那身附中校服和他的脸一样受人瞩目。

人狠话不多的江皎姣此刻拍拍我的肩膀,转身就溜了。

周谨在我面前站定,全然不顾身侧那些好奇打量的眼神和窃窃私语,久居光环之下的人总是这样。

"傻站着干吗?带路啊。"

我们并肩走在路上。

夜晚的老城区灰且暗淡,有一种破败感。世西的校服也是同种色调,周谨走在放学的人群中,如一轮明月穿梭于乌云间。

说实话,我挺不希望被他看到自己现在的处境。

"好久不见，你瘦了。"他自顾说话，眼朝前方，"这回是真的。"

"哦，谢谢啊……"我笨拙地回应，太久不见，在他面前居然还有些紧张，"所以你今天来是……"

"送礼物，你不是要生日了嘛。"他不自然地把头转向另一边，只拿短发利落的后脑勺对着我。

我心里一震，生日？我都快忘记这回事了……

"东西呢？"我盯着他空荡荡的两手追问。

周谨瞥了我一眼，拍拍书包："在里面，到家了给你。"

沉默着又走了一段，他再次开口："在这里过得还好吗？"

"很好啊！"我努力让自己听上去轻松，"年级第一，独孤求败，人人尊我为学霸。"

他笑起来："行吧，没我在的地方，允许你当第一。"

我望向他带笑的侧脸，发现他比以前消瘦了，清晰锋利的下颌线条固然好看，却也是附中高压氛围留下的痕迹。

从附中到世西，要先坐地铁再转公交，路上花费的时间很长，我没问周谨今天为什么不在学校上晚自习，他也没有解释。虽然周谨向来不是那种一板一眼的乖学生，但翘课这类行为，以前从未在他身上发生过。

内心悄然涌起两股暗流，温情的，酸涩的，交织在一起，叫人有种想哭的冲动。

"黎礼！"

嘹亮的声音从身后传来,直接打断了我的情绪。

"你这两天放学走得可真早啊,人影都看不着。"楚言吊儿郎当地笑着,一双长腿很快追了上来。

"哟,这位是……你以前的同学?"他看着周谨,语气有点明知故问。

"同学说远了,发小更合适。"周谨一脸淡漠地纠正他。

楚言长长地"哦"了一声,目光落在周谨的校服胸口"附中"的字样:"从附中过来啊?路挺远的,早点回吧。"

周谨的眼神里写着"要你管",转过头去不再理他。

两人同路变成了三人同行,搞得被夹在中间的我左右为难。

"学霸,我觉得你讲题比老师还要细致,课上听不懂的,你一讲就懂了。"楚言毫不在意,滔滔不绝地夸奖起来,"今天课上,我们那数学老师写了满满一黑板,看得人都快睡着了,我当时强撑着脑袋,心想他这水平还不如一班的黎礼呢……"

我一面尴尬地应付着楚言,一面偷偷打量比我们快走两步的周谨,他的背影几乎冒着寒气,当楚言说出"不如以后我就认你当老师吧"时,我甚至听见他鼻子里传出一声冷哼。

"黎礼,今天还有几道题我实在想不明白,要不一会儿等他走了,你再帮我看一下?"楚言对我说时,声音压得很低,但毕竟几步远,那些话还是进了周谨的耳朵。

周谨顿时收住脚步,一个转身差点与楚言撞上。两个身高势均力敌的人就这样对立着,有点较劲的意思。

我默默退到一边……

"什么题不会？正好我今天在，有的是时间。"周谨依旧双手插兜，语气冷而傲，"反正礼礼以前也是我教的，何必多此一举。"

楚言上前一步，态度开始不友善："你挺爱管闲事是不是？"

"你们两个聊完没？"我赶紧插话，装作生气的样子，"楚言你先回去吧，作业的事情明天去学校里再说，我今天想早点睡。"

楚言有些不甘地看了我一眼，似乎在努力咽下一肚子怒火，最终什么也没说，大步离开了。

我和周谨在沉默中走完了剩下的路。

到了小区门口，他才从书包里掏出所谓的"礼物"。

看着手里那厚厚一沓试卷，每一张的页眉都标注着"A大附中内部学习资料"，我对他扯出一个极其勉强的笑容："你可真会送啊。"

"我也觉得。"周谨单肩挎上书包，毫不理会我的挖苦，"目前来说，没有比这个对你而言更有用的东西了。"

我默然，他是对的。

"以后我QQ会常登，有不懂的直接发我。"他看着我，眼神柔软起来，"'高中见'没达成，'大学见'还有机会吗？"

我低下头，只觉今晚的路灯有些刺眼，再抬头时，使劲挤了个夸张的笑脸，也不知是美是丑。

"你猜。"

说完这句，我扬扬手里的试卷转身就跑。

幸好溜得快,不然眼泪被他看到可就太丢人了。

又是一个无风的夜,楼间沉静,鼻尖闻到空气中有甜丝丝的味道,小区里的桂树悄悄开花了。

我将试卷紧抱在胸口,囫囵擦去脸上的泪珠,匆匆跑进单元楼里。

身后,路灯下的人已经离去,一地昏黄的光晕,温暖得像日落时分偷来的阳光。

试卷第一页的背面,有一行用铅笔写下的字迹,每一笔笔画上,都有我熟悉了十多年的笔锋。

"十六岁快乐,我知道你无所不能。"

15.

秋去冬来,一年进入尾声。

墙上的挂历只剩下最后一张,我将那些撕下的旧页整理好,捧在手里掂了掂,时光的分量既轻又重。

寒风骤起,路上的行道树叶子几乎一夜落尽,然而在最凋敝的季节里,这片旧城反倒展现出了不一样的生机。

临近冬至,沉寂的长街小巷忽然热闹了起来,每天清晨,路上都挤满了提瓶拎桶的大爷大妈们,长长的队伍有时甚至能拐上几个弯。

"这是在干吗?"第一次见到时,那阵仗着实把我吓了一跳。

"打酒啊，冬酿酒。"江皎姣解释，"这是习俗，你不知道？"

她一提我才想起，这座城市的确有冬至大如年的传统，而过冬至必备的冬酿酒，最老字号的店就在这条街上。

如此盛况以前在新闻里倒也听说过，亲临现场还是头一遭。

我和江皎姣继续向前走，越过人潮，行至队伍前列时，鼻尖闻到了一股酸甜的酒香。抬起头，店铺牌匾上刻着两个大字——陈记。

透过交错的人影，我看见一名白发老人站在发旧的木门边，手拿一根长柄酒勺，从看似深不可测的酒缸里舀出液体，再沿着漏斗灌进顾客自带的器皿。酒里加了桂花，颜色是金灿灿的。

我看得入迷，连身边何时多了一个人都无所察觉。

"你们在看陈大爷啊。"楚言的声音乍响，把我和江皎姣都吓了一跳。

"你能不能先打个招呼再蹦出来！"江皎姣拍着心口抱怨。

"奇怪了，这满大街都是人，怎么偏偏就我吓着你们了？"楚言向来嘴贫，他弯下腰，直到视线和我们保持在同一高度，"如此大场面，黎礼同学肯定没见识过吧？"

不等我开口，他已经自顾自介绍起来："这家陈记可是百年老店，往上三代都是本地有名的酿酒师，到陈大爷这一辈，儿子念书考上大学，传承算是断了。后来老伴去世，他自己身体也不大好，索性关了店，搬去儿子那里养老，只有每年冬至前才会回来，一年也就开张这几天。"

我好奇地问："他家的冬酿酒和别家的差别很大吗，为什么会排那么长的队？"

"情怀呗，上了年纪的人就认过去的东西。"楚言道，"要我说，其实和超市里卖的瓶装酒没什么区别，一个味道。"

他说这话的声音不小，立刻引来路人的几个白眼。

"小孩子懂什么，什么都不懂。"

"不懂不要瞎说。"

有几个排队的大爷大妈已经开始嘟嘟囔囔地"批判"起来，你一言我一语，声势越来越大。

一直站在门内稳稳沽酒的陈大爷也闻声抬起头，他头发花白，满脸沟壑，眼神却明亮锐利，充满大家长的威严。只一眼，就把我们三个看得撒腿就跑。

待得久了，慢慢发现，这片城区虽不发达，但旧有旧的可爱。

到了晚上的"在线答疑"时间，我告诉周谨，冬至夜那天，世西中学取消晚自习。

我："其实很多人早不把晚自习当回事了，搞不懂这学校怎么还那么较真。"

周谨："挺好，说明你在一所有原则的学校。"

不知道世西的校长、老师听到这一句，会不会感动得落下泪来。

小年的气氛，每天都越发浓烈。只可惜，除了这里，再没有其他地方如此郑重地将一个传统节气当回事。

"礼礼,我今晚有个重要的视频会议,晚饭你自己解决啊。"早上出门前,妈妈边换鞋边嘱咐我,"对了,要不是邻居昨天提了一嘴,我都差点忘了,今晚就是冬至夜啊。我给你微信发个红包,你自己叫点喜欢的外卖吃吧。"

"不用,我有钱!"我叼着牙刷,含糊不清地拒绝,"那什么,我喜欢的几家店都是老店,付现金的,想扫码也扫不了。"

"也行,钱给你留桌子上,我走了啊。"

随着门砰地关上,我麻溜地吐掉漱口水,囫囵擦了把脸,走过去将桌上的两百块钱收进口袋里。

哪是因为没现金付不了账啊,还不是担心手机没收这件事被发现了……

冬天,太阳落山早,最后一堂课结束,天基本黑透了。

这是难得没有留作业的一天,从教室里出来,每个人脸上都洋溢着放假的喜悦。

学校食堂按照惯例准备了免费的芝麻汤圆,为了不占大家吃冬至团圆饭的肚子,还特地做成了迷你版。

我和江皎姣凑热闹一人领了一小碗,出了校门互相告别,没走两步,小纸碗就被一只手横空夺走。

"你在里面磨磨蹭蹭干吗呢,等得我快饿死了。"周谨一边数落我,一边拿起我刚才用过的小勺子,毫不顾忌地吃起了剩下的汤圆。

我眼睛瞪得铜铃般大:"你怎么来了?附中也放冬至假?"

"不放啊。"他说得理所当然,"但我也有选择过冬至的权利。"

好家伙,第一次听人把"翘课"说得这么清新脱俗。

想到这儿,我内心一阵雀跃,兴奋地跟上去:"谨哥,你怎么知道我妈今天加班,我一个人孤苦伶仃啊?"

"谁说要陪你过冬至?"他把脸转向一边,"碰巧只有你放假而已。"

"哦?"

"我给你带了新的资料,吃完饭赶紧滚去刷题。"

"哦?"

"还有一个月就全市统考,手机想不想要回来了。"

"哦?"

"吃什么,我请。"

吃什么还真是个大问题。

这里人过节的意识太强了,一路上的餐馆,不是爆满就是打烊,要找一家能落脚的店不容易。

我们在街上漫无目的地走着,刚才吃下的小汤圆很快就不顶用了。满大街飘着烟火香气,肚子里却空空荡荡。

走着走着,周谨忽然拉住我,指着前面:"这是什么店?"

我一看,原来是陈记。

"卖冬酿酒的店,又不卖吃的。"

周谨却起了兴趣:"听起来糖分很高,总好过空着肚子走到低血糖。"

路过这些天来,我还是第一次站进陈记的店里。

店铺看着不大,纵深却很长,两边墙上各开了一扇门,门宽的一侧大约是酿酒的仓库,门窄的一侧显然通向厨房,因为有开火炖煮的声音从里边传来。

没见陈大爷的人影,估计在后厨忙活。

周谨饶有兴致地打量着店内充满年代感的陈设。

"你来得还真巧,今天应该是最后一天营业了。"我说,"要是换作早上来,那队伍能排几个小时。"

"我知道这家店,有名的。"周谨靠在柜台边,两条长腿斜放着,"百年老店的冬酿酒,值得尝试一下。"

"哟,这么想的年轻人现在可不多了。"陈大爷从厨房钻出来,手里捧着一只热气腾腾的大碗。

周谨笑了笑,自然地接过话头:"大爷,酒还卖吗?"

"卖啊,卖到冬至夜的最后一刻。"陈大爷朗声答道,将汤碗放在厅堂东侧的一张木桌上,双手在围裙上蹭了蹭,回身走向我们。

"装酒的瓶子呢,带了吗?"他拿起长长的酒勺,问道。

我和周谨面面相觑,与此同时,我闻到桌上飘来的食物香气,肚子不争气地响了几声。

陈大爷大笑起来:"算了,难得有小朋友愿意进我的店门,今天的酒爷爷请你们喝。"又看向我道,"这是家里没准备饭吧,不嫌弃的话,在我这儿对付一口?我猜你俩在外面没找着能吃饭的地方。"

有时候缘分来得就是如此巧妙,前几天我还因为楚言的关系被大爷连带着瞪了一眼,今天就和周谨莫名其妙成了人家的座上客。

陈大爷的冬至饭很简单,就是馄饨。为了我和周谨,他特意又去下了两碗,鸡汤打底,加了紫菜、虾米、鸡蛋皮,馄饨个头不大不小,一口下去肉香四溢。

"爷爷,你明天是不是就要关店回去了?"我问,

"对,冬酿酒只卖到冬至前夜,明天就收摊。"陈大爷答着话,将两碗飘着桂花的酒端到我们面前。

我喝了一口,尝到了酸甜与淡淡的花香,几乎没有什么酒味。

"怎么样,小姑娘,和超市里的瓶装酒有区别吗?"老人笑眯眯地看着我,目光明亮和善。

"当……当然有区别啦,肯定有区别的嘛!"我连连点头,心想这大爷果然还是记仇。

一旁的周谨见状直接笑出了声。

"你们两个,是从小一起长大的吧?"陈大爷突然发问。

"你怎么知道的?"

陈大爷拿起自己的酒碗咂巴了一口,思绪逐渐飘远:"看到

你们两个啊,就像看到了我和我太太年轻的时候。"

我手一抖,酒差点洒到周谨腿上:"爷爷,话不能乱讲的啊……"

"嗯,就这嘴硬的脾气,也是一模一样。"

我的脸瞬间像火烧一样发烫,周谨也不自然地轻咳了几声,头扭向别处。

陈大爷乐了,他靠向椅背,目光环顾店内四周,像是看进了时间深处。

"我们那代人小的时候,这片地方才是城市中心,最好的裁缝铺、最好的饭馆、最好的酒坊,都在这条街上。

"她是裁缝的女儿,我是酿酒师傅的儿子,两家门对门,喏,你们看,现在路边那个杂货铺,以前就是她的家。她爸爸喜欢喝我家的酒,作为回报经常送我衣服,一来二去,两家就成了街上关系最好的邻居。"

陈大爷细细回忆,夜越来越深了,街上一阵热闹一阵安静,偶尔有人声路过门前,说着本地方言,恍惚间听了,像是从那段远去的岁月里传来的回响。

裁缝的女儿和酿酒师的儿子在这条街上走过了童年,度过了青春,组建家庭,养育后代,渐渐老去,最后,有人先到了生命的终点。

"以前街里街坊总喜欢拿我们开玩笑,说你们老陈家干脆把裁缝的丫头娶了得了。那时候小,不懂事,心里老憋着一股劲,觉得我从小就看着你,凭什么一辈子还得看着你,你有什么好的？

"后来，真遇见了别人，刚开始是挺新鲜的，可时间一久，又觉得哪儿哪儿都不如她，只是两个人都憋着劲，好像谁先承认谁就输了一样……较劲到后来，当然是我输了。"

陈大爷说说便笑了，碗里的酒也空了，他眯起眼，看上去有些微醺，可冬酿酒的度数其实很低，连三岁小孩都能喝上几口，酒不醉人，人是自己醉的。

"八年前，她查出来癌症，硬撑了两年，瘦得只剩下一把骨头。一天晚上，我在病房里陪夜，她靠着我，说不治了，想回老家看看。我说好，明天跟医生请个假，我带你回去转转。她又说了些小时候的事，然后慢慢睡着了，再也没有醒过来。

"从抢救室里被推出来，她身上盖了白布。儿子儿媳搀着我，小孙子在边上哭，可我想到的却是小时候她因为把白色布料披在头上被她爹教训的事，我想走上去牵住她的手，说你怎么还这么不懂事……

"她走后，每年冬至我都会回来，所幸不少人还记得陈记的味道。我在买酒的人里，见到不少熟悉的面孔，他们也老了。大家都老了，人生啊，原来不知不觉已经过去了这么久……

"卖酒的时候，遇到认识的人，总忍不住聊几句，聊聊年轻的时候，聊聊我和她。我希望认识我的人能多一些，这样记得我的人才会多。人们记得我，自然就会记得她……让她在这条街上，再留久一些吧。"

从陈记出来的时候,街上已经冷冷清清了。

周谨问我冷不冷,我看着他身上单薄的衣物,摇摇头说:"要冷也是你冷吧,是不是多穿一件会死?"

"会丑死。"他笑了笑,却伸手将我半开的外套拉链拉到了最上面。

万家团圆之夜,每扇亮起灯的窗户都显得格外温馨。

快到小区门口时,我发现砖石上被人用粉笔写下了"冬至快乐"四个字,字迹歪歪扭扭的,看上去像小朋友留的。

周谨掏出手机对准拍了张照,转头对我说:"这个地方的人,还挺有意思的。"

我刚想说句"是啊",他的手机却急促地响了。

一接通,我就听见周妈妈的声音从里面传出来。

"你到底在哪儿?老师说你没上晚自习……电话都打到家里了……"

周谨应对了几句,并没有把我给说出去。

等他挂了电话,我故作轻松地笑他道:"看来,你回去后也要失联一段时间了。"

他没有否认,只是收起手机后,上前一步扶住了我的肩膀。

刹那间,酒精在一瞬间全部上了头似的,我只觉天旋地转。

少年的体温隔着衣物传递过来,像渐渐涨起的潮水,无声地将人吞没。鼻尖闻到他身上清冽好闻的味道,还有一股若有若无的淡淡桂香。

"还有两年半,礼礼。"他说,"确定无疑的事有这么一两桩，可抵世间种种无常……"

16.

临近期末，世西中学却出了事。

"都散了！看什么看，回教室待着去！"谢了顶的教导主任凶巴巴地赶着围观学生，在他身后，两名穿着制服的民警正站在办公室门口，向老师们了解情况。

"怎么了这是？"我在人堆后边探头问。

"教师办公室被人盗了，抽屉全给撬开了。"前头那人回答，"好像没收来的那些手机、游戏机全被偷走了。"

"如果找不回来怎么办？"又有人问。

"学校这不是报警了吗。"

"报警有什么用，没听他们刚才在讲嘛，办公区的监控都是摆设，早就坏了。"

"还磨蹭！是不是都想来教导处门口罚站？"教导主任的吼叫声更近了，众人直接作鸟兽散。

这一天下来，流言如风暴般席卷了各个楼层。

先是传说楼下几个出了名的问题少年被派出所传唤，接着又有人说几天前听到某某某在盘算要把游戏机从办公室拿回来，最后甚至有因为非议传到当事人耳朵里而打架的。

课间，几个办公室没遭殃的老师把之前收上来的东西尽数还给了学生。

"老徐这下可惨了,就数她损失最严重。"中午在食堂排队的时候,江皎姣在我耳边低声说道,"她还是行政老师,平时没少收过手机,好些人心里一直记仇呢,不知道会不会趁这次找她的麻烦……"

江皎姣说得没错,整个世西中学,大部分老师对学生都是放任的态度,唯有老徐最严厉,管得那些学生又恨又怕,背地里没少说她坏话。

这不,前面就有人迫不及待地煽风点火了。

"那个徐老太婆,更年期好管闲事,看,报应来了吧……"

"就是,我自己班的老师都不管上课玩手机,她看见倒是来劲了,收就收吧,每次还啰啰唆唆吐一堆大道理,烦不烦……"

"反正,要是手机找不回来,她得赔咱们,就要她赔……"

"呵,就她那点工资,赔得起吗?这种事情,学校一般都不了了之……哎,你们说,会不会是老太婆为了搞点外快自导自演的?整个学校就她没收东西最积极,战利品最多……"

"别胡说八道行吗,造谣是要被追责的!"我厉声打断前面的恶言恶语。

刚才嚼舌根的几人回过头瞪着我,其中一个突然笑靥如花。

"哟,我当是谁在后面呢,原来是徐老师的得意门生啊。"秦涵傲慢地抬起下巴,提高音调,"哎,听说你的手机也被她收走了,可你怎么看上去一点也不急?奇怪,难道徐老师对爱徒有特殊待遇，背地里偷偷还给你了？"

周围其他学生听见了动静，纷纷将目光投射过来。

"这件事情学校已经报警了，你们整天在背后编派别人，对破案有什么帮助吗？"我不理会秦涵的挑衅，继续正色道，"还不如好好想想自己，真打算混一天算一天地过一辈子吗？"

话音刚落，江皎姣就扯了扯我的袖子。

"你……"

"干什么呢！干什么呢你们！"

巡查的教导主任终于闻风而来，他怒目扫视一圈，旁人都事不关己地转过了头。

"你，你，还有你们几个，给我去队伍后边重新排！"他凶巴巴地指着秦涵她们训斥道，"念书不行，惹事倒是第一名。"

那几人虽然一脸不服，但迫于他的威压，还是愤愤地走了，从旁经过时，都不忘狠狠瞪我一眼。

"会不会走路，快点！"教导主任又吼了句，侧过头只瞧了我一眼，便背起手离开了。

我收起怒火，继续排队，可还是明显感觉到，周遭的气氛变得微妙了起来。

"喊，到底是年级第一，老师都不舍得管呢……"

"小点声，当心又把人引过来，让你到后边去排队……"

不太友善的议论在人群里渐渐滋长，我低下头，指甲深深陷入掌心。

临走时，秦涵冷笑着在我耳边丢下一句话："黎礼，以后在学校可要当心着点，徐老师还指望着靠你拿奖金呢。"

江皎姣说我不该在大庭广众之下讲出那句话。

"傻不傻，你以为这里是三中，是附中？"她气急，"多少人本来就看成绩好的不顺眼，你还偏要说这种话刺激她们！"

我掰着手不语。她是对的，世西风气如此，之前确实冲动了。

"还有那个秦涵，你也不是不知道她天天和什么人混在一起，你们之间本来就……有过节。"江皎姣语塞片刻，态度慢慢缓和下来，"总之，以后看见她们躲远点吧，多一事不如少一事。"

来到世西后，秦涵彻底变了个人。从前，她总是一副柔弱乖巧小白兔的样子。现在，她也从众改短了校服，说粗鲁的脏话，在学校里高调地与人嬉戏打闹，还和几个有名的"问题少女"组成了小团体。

起初我也很诧异，但仔细想想也对，秦涵和她妈妈都是顺势而为的"人才"，知道在什么样的场合或什么样的人面前，该展现出何种姿态。

离婚后，妈妈和我长谈过一次，她为发现真相那晚毫不顾忌的愤怒向我道歉，说自己过于冲动了，以致严重影响到我第二天中考的发挥。

我也问她，之前真的没有发现到爸爸的异常吗？

她摇摇头，说完全没有心理准备，知道后像被撬开嘴喂下一百只苍蝇那般恶心，所以当时才会疯了似的爆发。

"你不应该总让爸爸去送她们……"我垂着头责怪她。

"是啊，真没想到会这样……"妈妈深深叹了口气，"李婉从小性格要强，我本以为她和我很像……经过这件事才知道，她不是自己要强，只是想依附在强者身边当个菟丝花罢了。也不是自尊心过高，只是见不得身边的人过得更好，把别人的善意误解成一种炫耀。"

"那爸爸呢，他又为什么会……我一直以为你们感情很好。"

妈妈沉默了一会儿，说："分开后，我也想了很久。你爸爸和我从大学到现在，走过了十几年，一直都顺顺利利的，我以为我们是最了解彼此的人，但有些方面确实被我疏忽了。"

"是什么？"我问。

"心态上的变化。"妈妈说，"过去，我总是依赖他多一些，很多事情都要问过他才敢拿主意。但随着年纪增长，我的事业开始有了起色，不再需要他的帮助，有时候甚至比他还忙。如果不是出了这种事，我恐怕至今都还没意识到，我们已经有很久没坐下来好好聊过天了。

"一个中年男人，事业上来到了难以突破的瓶颈期，家庭方面又渐渐丧失主导权，心态有所失衡是难免的。只是你爸一直都很支持我的工作，所以我也没有深入去想过，直到李婉出现。

"她无法依靠原生家庭，而当时你爸爸手上又有她眼下最需要的教育资源，三番五次接触下来，哼，大概觉得综合各方面看都是个不错的靠山。

"或许她的出现，填补了你爸内心的某种空虚，觉得自己又被认可、被需要了，而这种感觉他已经很多年没有在我身上找到过。诚然，在明眼人看来，这种示弱非常做作，但对当时的黎建阳而言，恐怕是难以抵挡的诱惑吧……"

我低头思考片刻，问："难道这就是婚姻，需要时时检查，时时矫正才能维系？"

妈妈笑了："我很难回答你婚姻是什么，每个人心里都有各自的答案。但是礼礼，有一点希望你能了解，我从来没有因追求事业而忽略婚姻感到过后悔。

"将来无论你遇到什么样的人，都要记住，这世上真正能依靠的只有自己，不要为了迎合他人而失去自我。像李婉这样的人，也许会暂时得到她想要的东西，但相信我，她永远不会过得像我一样从容。"

江皎姣的警告很快就应验了。

晚自习课间，我上完厕所回来，看见一个不认识的女生走出教室。

我不以为意，一只脚刚迈进教室，就被人从背后拽住肩膀又拉了出来。

"楚言？你拽我干吗？"我莫名其妙。

楚言没接话，而是从窗边直接伸手拿起我放在课桌上的水杯,然后叫住了那名离开的女生。

哗啦……

杯子里的水被尽数洒在女生脚边,她吓得跳开几步。

楚言合上盖子,用一种我从未听过的狠厉语气警告道:"别再被我发现第二次。"

走廊里的人噤若寒蝉,那女生也没说什么,转头逃走了。

"什么……什么情况?"我也被吓得不轻,但心里隐隐约约有了答案。

"她在水里掺了粉笔灰,老伎俩了。"楚言把杯子还给我,"去洗洗吧,放学后别自己走,在教室里等我。"

我怔怔地接下水杯,去厕所里洗了又洗,回来的路上,感觉每个人看我的眼神都很异样。

坐回座位,我拿出今晚的作业,翻开后又立刻合上。

江皎姣从教室外面回来,从我身边经过又退回来。

"发什么呆呢?"她伸手在我眼前晃了晃,"你怎么了?"

我将作业摊开在她面前。

"谁干的!"江皎姣登时暴起,对全班怒吼,"是哪个浑蛋干的!"

教室里的人,要么一脸疑惑,要么面露难色。

我拉拉她:"别问了,我知道是谁。"

"怎么办,去告诉老徐吧,老徐肯定能治他们!"她咬牙。

我摇摇头:"老徐现在处境尴尬,别给那些人借题发挥的机会。"

她想了想，默认了我的话："我去办公室帮你重新拿份卷子。"

摊开在桌上的试卷，每一张每一面，都被人用红色马克笔画了巨大的红叉。

手段低等，于我却足够触目惊心。

我将那些被毁的卷子一股脑塞进桌肚最里面，然后努力维持住表面的平静，偷偷按住颤抖的手。

从小到大，我的生活圈子里都是共同长大的朋友，在一个由熟人组建起来的舒适区里，所有伤害都被抵挡在外，即便是秦涵这样的外来者，也不敢轻举妄动。

这是我第一次面对来自某个群体毫不掩饰的恶意，他们中的大多数人可能和我连话都没说过，现在却把我当成了目标，一个可以欺凌的目标，只因为我维护了一个他们讨厌的人。

秦涵的话犹在耳边。

"黎礼，以后你可要当心了……"

让我害怕的是，这恐怕只是一个开始……

晚自习上着上着，突然，整栋楼不知从哪个方向响起一阵骚动。

"下雪了！"

很快，走廊上站满了人。

"真的下雪了！"

"哇！难得！"

天空飘着雪花，不大，却也纷纷扬扬。

学生们彻底忘了没写完的作业，在走廊边张望，伸手接雪花，甚至冲进漫天的雪里。连老师都靠在一旁观赏起来。

这座城不是每年冬天都有雪，所以，每个雪天都格外珍贵。

我仰头向上看，雪花从无尽的夜空中纷纷而落，耳边是旁人嬉笑玩乐的声音，洋溢着青春期独有的生气，与回忆里的某些时刻交映重叠。

曾经那些雪天里，我的身旁有周谨，有顾瑶，有徐南，我们互相见证过彼此人生中的第一场雪，一起堆过雪人、打过雪仗，在飘雪的夜晚各自蹲守在卧室窗边，舍不得睡去。第二天早上，父母们推开房门后，发现自家小孩裹着被子，靠在窗台睡了一夜。

每下过一场雪，我们就又长大了一点。

不知道今晚，他们是不是也站在各自的教室外，看着白雪无声落下。

我伸出手，接住几片微小的雪花，和从前许多次一样，它们一触及体温就融化了。

真的好想念，我从前的那个家。

有人拍了拍我的肩膀。

"学霸小朋友。"楚言不知何时站到了我的身后，他单手拎着书包，望着满天飞雪轻笑道，"这么好的天气，一起逃课怎么样？"

17.

旧城的夜很安静，路上人不多，雪从四面八方飘来。

石板路湿漉漉的，这种规模的雪落在地上就化，很难积得起来，也不知道还会下多久。

这是我人生中第一次逃课，内心却异常平静，或许真跟天气有关。

楚言和我都没带伞，他的头发和衣服上落了许多晶莹的雪粒，我想我也是。

"下午打球的时候，听说了你在食堂的光辉事迹。"他侧头看我，"没想到啊，你还挺勇。"

"是啊。"我拍拍头发上的雪，"你看，这不就得罪人了。"

"你又没说错，他们的确是在混日子，自以为很潇洒，其实蠢得要命。"说罢，他顿了顿，自嘲地补充道，"不过我也没有好到哪里去。"

"谦虚，你比他们强多了。"

风雪中，我瞧见前方的巷子口透出明黄的光亮，一块木板搁在墙边，上面用红漆写了字。

"哟，楚家的小子来啦。"店里，一对年迈的夫妇坐在四方桌边，热情地招呼道。

"爷爷奶奶，粥还有吧，要两碗。"楚言看上去和他们格外熟络，"还坐老地方。"

"有，去吧。"老奶奶站起身，摆出两只瓷碗，掀开保温桶的盖子，一股带着红豆香甜的热气氤氲直上。

这是一家开在深巷里的老式糖水铺，从房梁到地面，一砖一瓦都透出岁月的沧桑。

楚言要了两碗老式糖粥，熬好的白粥和浓稠的红豆沙对半铺在碗里，再放一勺圆圆的糯米小丸子，最后撒上干桂花。

这是这座城最经典的味觉记忆之一，被写进当地家喻户晓的童谣里，如今偶尔也会出现在市区一些新式甜品店的菜单上，但在大多数人的观念中，最好的味道永远藏在街尾巷间的犄角旮旯里。

"一落雪，我们就猜你个小兔崽子今晚会过来。"老奶奶说着，又笑眯眯地看向我，"不过，倒没猜到这次还带了同学。"

"她何止是我的同学。"楚言接过碗，半开玩笑道，"她可是我的半个老师。"

这家店铺比我想象得大，或者说，它的形状狭长。我跟在楚言身后，穿过一道拥挤的长廊，拐进一处小屋后，前厅老夫妇和客人聊天的声音就几乎听不见了。

墙上有一扇单开的木门，楚言伸手拉开，一条小河从门后静静地流淌而过。

我们并肩坐在门后的石阶上，这种依水而建的老宅，过去为了方便，一般都会在临水一侧开扇小门，铺几步台阶，用于打水和洗衣服。

上有门檐遮挡,位置又在背面,坐在这儿看得见雪,吹不到风。

河面并不宽,对岸也是一排相似的老屋,粉墙黛瓦隐匿在夜色中,宛若一幅浓重的水墨画。那些屋子里也住了人,几扇窗户透出光亮,灯影浮在水面,漂漂荡荡。

"看那边,知道是谁家吗?"楚言指指左侧一间漆黑的房屋,"你们老徐以前住的地方。"

"你怎么知道?"我脱口问道。

"我当然知道,这一片我熟悉得很。"他捧着瓷碗,眼眸含笑,"她和她妈妈以前都住这儿,她大学毕业后回世西当了老师,后来学校分了房子,就搬走了。"

"回?"我捕捉到一个关键字,"老徐高中也是世西的?"

"嗯。"楚言点点头,"不过她那个年代的世西,可比现在好太多了。听说老徐当年还是学校里的优等生,高考分数很高,可惜那年头信息闭塞,大家知道的好大学就那么几所,老徐以为师范大学是她能去的最好的学校,后来才发现,这分去师范简直亏大了。"

"啊……"联想到老徐现在的样子,我不由得替她惋惜,"其实我觉得老徐是个特别好的老师,有时候……怎么说呢,觉得把她放在世西有点屈才了。"

"是,但她不是怀才不遇,她有机会走的。"

雪渐渐大了,羽毛般的雪花落在水面,转瞬即逝。河对岸,老宅古朴的瓦顶、飞檐上,开始积起些许银白。

"老徐回来任教的时候,世西中学已经开始走下坡路了,但毕竟招牌还在,生源没有滑坡得很厉害,之后的几年里,她带出了世西近十年来成绩最好的一个班,高考全市前十名里有一半都在她班上,比同届的附中比例还高。唉,用我爸妈的话说,那是世西中学最后的辉煌了。

"后来南面的新城区发展起来,附中、青中搬到了新校区,随之而来的资源、政策也朝南倾斜……世西也就更加衰落了。

"许多好老师是在那时离开世西的,附中也曾经想把老徐挖过去,但她拒绝了,当时那一批骨干教师里,她是唯一一个放弃调动,选择留下的人。"

"为什么?"我不解,无论站在哪个角度想,附中都是更好的平台和机遇。

"那你得问她去啊,我哪知道。"楚言笑着直言,目光落在了飘雪的河面,"老徐这人哪,凶巴巴的,一天到晚没个笑脸,平时也独来独往,特别不合群。别人都跳槽吧,她非死守着;别人都懒得管的事吧,她非要严抓。我从小就听过她的'恶名',烦她的人一大把……但说句心里话,我挺服她的。如果今天中午我在场,我也会站出来。"

说完,我们各自沉默了。对岸暗了几扇窗,夜色又深了几分。雪无穷无尽地落着,像是会永远落下去一样。

"楚言,你的成绩为什么会这么差?"我突然发问。

"啊?"楚言被问傻了。

"你和他们太不一样了。"我说,"所以我接受不了,你居然才考这几分。"

楚言哭笑不得地看了我几秒，憋出几个字："大概是因为笨吧。"

"还轮不上你笨。"

这是实话，辅导过几次后我发现他只是基础差，脑子好用着呢。

"你有没有考虑过当艺术生？"我认真地问，"你画画还挺好的。"

"什……什么画画啊……"他突然结巴起来，扭头看向别处。

"别装，你画在草稿纸上的那些我都看见了。"我踢踢他的脚，"很有艺术细胞嘛，小伙子。"

他挠挠头，还是不肯把脸转过来，良久才道："当哪门子艺术生嘛，开销很大的。"

我愕然，还没说出口的话一下子堵在嗓子眼，堵得人心里难受。

一瞬间，刻在这片旧城肌理中的凋敝、衰败又一次涌了上来，像看不见的乌云积压在头顶的天空。

凝视着楚言的身影，有个念头第一次在我脑海中闪过——如果，他出生在周家……

"哎，本来带你到这儿，是想开导你的，你怎么反倒开导到我头上了？"他终于回过头，恢复了平日里的嬉皮笑脸，"好吃吗？据说甜的东西能让心情变好。"

"噢，好吃。"

他伸出一条长腿，用鞋底在水面踩出阵阵涟漪。

"这家的爷爷奶奶从小就对我特别好，我有事没事经常来，尤其是下雨或者下雪的时候，坐在这扇门边才知道，其实这片地方特别美。"他背靠着门框，放松而惬意。

"学校里的事情别放心上，有我在，你该怎样就怎样。"

从店里出来，差不多是晚自习下课时间。雪还没停，老夫妇递来一把伞。

楚言撑伞送我到楼下。我上楼，推开门的一瞬，敏锐地感觉到屋里的气氛有点古怪。

"礼礼，刚刚送你回来的那个人是谁？"妈妈站在窗边，神色复杂地看向我。

"楚言，就是之前来问作业的那一个。"我局促地站在客厅里，明白她一定是误会了什么，可又因为逃课，不免还是心虚得很。

"你的手机呢，电话怎么打不通？"

"我，我，手机……没电了。"

"是吗？"妈妈板着脸，朝我走近，举起她的手机，"那这条微信是谁给我发的？"

我一愣，目光聚焦在手机屏幕上，霎时后背冷汗直冒。

屏幕上显示着我和她的微信聊天界面，最新消息是一张照片和一条文字框。

即使不点开图片放大,也能看得清楚,照片拍摄于夜晚的学校,中心位置是两个人——拿着书包走出教室的我和楚言。

下面跟了一句话:"翘课咯。"

两条消息同时发布于十五分钟前。

18.

办公室盗窃事件在发生的第三天宣告破案。

据说下雪那晚,便衣警察在学校附近巡街时,发现不断有穿校服的学生进出某条小巷,这一点引起了他们的注意。调查后发现是几名有前科的无业游民在倒卖手机,带回去一审问,果然是中学盗窃案的团伙。

这几人偷了手机后,因为觉得外面风声紧,不敢拿到二手市场去销赃,于是想了个办法往学生里传消息,说可以拿钱去赎回自己的东西。因此,警方破案时,手机已经被买走了一部分,至于那部分手机是否真的回到了原主手上,就实在无从查起了。

"肯定是那帮人干的,他们拿到了你的手机!"江皎姣气愤道。

答案很显然,那天晚上,有人拍下了我和楚言离开教室的照片,然后又故意买走我的手机,并在一个多小时后,用我的微信发消息给我妈。

"一定是秦涵。"江皎姣说,"除了她,不会有人还要特意去恶心下你妈妈。"

说这话时,我们正沿着楼梯往下走,远远就听见走廊边传来放肆的笑声,一抬头,就看见秦涵靠在栏杆边和人聊天,边笑边打闹,人群中她依旧那么明艳,却张狂得聒噪。

我对江皎姣说:"知道为什么第一次见面时,你脾气那么臭,我却一点都不讨厌你吗?"

"啊?为什么?"江皎姣一脸蒙。

"因为你真实,喜恶全写在脸上。"我说着,将视线从吵闹的走廊上移开,"我受够了那种甜到发腻的虚情假意。"

被追回的财物归还到了教师办公室,出于影响考虑,学校通知学生可自行前往领回。

虽然我的手机不在那儿,但老徐还是把我叫了过去。

"手机拿到了吗?"她问,意思是问我有没有自己花钱去"赎回"。

我摇摇头。

"我想你也不会和那些人掺和在一起。"她扶着额头,听上去既欣慰又担忧,"只是如果手机被其他人买走了,再要找回恐怕难上加难。"

"老师,我知道我的手机在哪儿。"我冷静道,"我会去拿回来的。"

老徐惊讶:"你知道?"

我点点头,笑道:"放心吧徐老师,没多大事。"

她这才定下心来,脸上展露出一丝难得的笑容:"这下手机算提前还给你了,那期末全市前四百名的约定还作数吗?"

"当然作数。"我不知哪儿来的胆子,跟她开起玩笑来,"您以前可是带出过全市前十名的老师,现在这要求降得也太低了吧?"

办公室里其他老师听了直笑。

"可以啊徐老师,你这学生志向不小。"

"徐老师,黎同学有潜力的,可要好好培养。"

老徐摆摆手让我出去,我刚走到门口,却听见她又叫住了我。

"黎礼,你记着,世西中学也曾走出过最一流的学生。"老徐说,"以前有,以后还会有。"

下午放学,我将不准备上晚自习的秦涵堵在角落里。

"我的手机呢?"我开门见山。

"哟,你的手机不是被收走了吗,不去找姓徐的,反过来找我啊?"秦涵抱着胳膊,一脸抵赖。

"别以为关机就没事了,昨天晚上你用我的手机发出去的那两条微信已经足够定位了,真想闹到自己没学上?"

我推断秦涵昨晚是在家里发的微信,毕竟手机被没收那么久早就没电了,她拿到后必须充上电才能开机,而消息发送的时间节点,和世西到那个家的时间也对得上。

秦涵果然被唬住了,她撇撇嘴,不情愿地证实了我的推测:

"手机在家里,明天给你。"

"行,明天你要是忘了,我有的是办法让你记住。"

撂完话,我扭头就想走,可她偏偏又喊住我。

"喂,黎礼,和校霸在一起的感觉怎么样?"她的声音阴阳怪气,"你觉得楚言和周谨谁更好呀?"

"关你什么事!"我朝她吼道。

"哦,是不关我的事。"她笑起来,"不过我这个人确实好事,昨天那张照片,除了发给林秋阿姨让她关心下女儿的交友情况,还发给了另一个人。"

说着,她掏出手机,点开一个微信聊天界面。

看到周谨的名字,我的心一下子沉到了最底。

昨晚,秦涵用我的手机将照片发送给我妈之后,又几乎同时用自己的手机发给了周谨。

"不过嘛……"秦涵不怀好意地挑起嘴角,"周谨好像不是特别在乎。"

屏幕中最刺眼的,是那张照片底下,周谨在一小时后给出的回复。

"关我什么事。"

我回到教室时,铃声已经响过一阵了。

老徐正在讲下午的试卷,见到我很惊讶:"你不是身体不舒服回家休息了吗?"

江皎皎从书堆后面露出半张脸,朝我挤眉弄眼。

她不知道我去干什么了,大概因为老徐问起,所以替我编了个理由。

我会意,顺着话接道:"去医务室看了,说没什么问题,就回来了。"

老徐示意我坐下,或许是我的脸色真有些不太好,她信以为真:"要是坚持不了,还是回家好好休息。"

我勉强扯了个微笑,翻开试卷开始记笔记。

必须承认,我依然是那个容易被人左右情绪的黎礼,整个晚上,我虽然很努力地听课,思绪却时不时从老徐的板书游移到别处。

我不知道秦涵前前后后跟周谨编派过多少故事,从她的话里话外不难听出,类似昨天那种我和楚言同框的照片,她偷拍过不止一次,现实中可能只是彼此简单打了个招呼,但经她之口,恐怕就变成另一回事了。

"人到一个新环境,时间久了,难免会变的不是吗?"一小时前,秦涵对我得意道,"我不过是觉得有必要提醒下周谨,这种可能性的存在罢了。"

"变化最大的是你吧。"我冷眼看向她,双手不自觉地攥紧,"现在的你和初中那会儿,完全是两个人了。"

秦涵嗤笑一声,抱起胳膊,面带不屑地越过我:"你啊,不愧是避风港里长大的小孩。"

"你怎么了啊?魂不守舍的。"一放学,江皎姣就担心地问。

回去的路上,我把事情的前因后果和她说了一遍。

她听后居然笑了:"年级第一,做道阅读理解题,'关我什么事'这句话有几层意思?深层含义是什么?"

"什么意思?"

"当局者迷,这话真是一点不假。"她大咧咧地勾过我的脖子,开解道,"我觉得这事吧,也不能怪你那发小,要是秦涵这样挑拨他都不生一丝气,反而不是件好事了,你说呢?"

我点点头,又立刻推开她:"乱……乱讲什么呢!"

江皎姣更乐了:"跟我有什么好瞒的,从第一次在校门口看见你和周谨站在一起,我就都明白了……劝你早点跟人解释清楚,这质量的竹马,打着灯笼都难找。"

"有什么可解释的。"我加快脚步,"搞得我很怕他误会一样。"

在江皎姣面前,我嘴硬得很,可一回到家里,就坐立难安。

昨晚的照片,并没有在我妈和我之间造成很大的冲突——自从中考前的电话事件之后,她一直在有意识地控制脾气。但也的确引起了她的警觉,为此,我想今晚还是不找她借电脑了,毕竟和楚言之间的事情能说清楚,可一旦牵涉周谨,那还真有点没法说……

"妈,手机能借我用一下吗?"思虑再三,我决定换一种策略,"我给顾瑶打个电话。"

"这么晚了,打给顾瑶干吗?"

099

"好久没见了，想联系一下。"我尽量表现得自然，"而且她快生日了。"

大概是因为我们这几个人从小的友谊，再联想到如今四处分散的现状，她倒是没再追问下去。

我特意当着她的面翻出顾瑶妈妈的手机号码拨过去，一边乖巧地说着"阿姨好，我找一下顾瑶"，一边转身就把自己关进了房间。

一分钟后，顾瑶久违的声音从电话那头传来。

"黎礼！"

一瞬间，我几乎快要落下泪来，顾瑶听上去却兴奋得不正常。

"你是预言家吗，算准时间打来的？"她在那头开心地叫道，"楼上你家门口正热闹呢，秦涵她爸打上门来了！"

"什么？"

"秦涵的亲爸，从外地赶过来，眼下正和李婉吵得不可开交呢！"顾瑶说，"似乎是她在离婚前，偷偷转移走了一部分财产，前夫追债追过来了。"

接着，电话里传来响动，大概是顾瑶打开窗户的声音，随后，隐隐约约能听见有其他人声，又远又模糊。

"听见了吗？"顾瑶问，"反正我们这边挺响的，整栋楼都能听见。"

"好像有一点。"

"哈哈哈，报应！他们这样闹，楼里没有一户人家肯出来劝劝的，你爸夹在中间也是焦头烂额……哎对了，你怎么想到这时候打电话过来的?"

顾瑶终于问到点上了,我深吸一口气,小心地问:"你……今天见到你哥了吗?"

"我哥?"她顿了顿,"见到了啊。"

"他……他看起来怎么样?"

"看起来?"顾瑶有些莫名其妙,"看起来和昨天没区别啊。"

"我是说,他有没有……有没有……"我说着说着突然词穷了,强烈的尴尬感如一根无形的绳子,给舌头打了个死结。

"就……就是……唉,算了,当我没提过。"

"啊?"顾瑶更困惑了,"你到底想说什么啊?"

"没什么,别告诉他我打过这通电话啊。"我往椅背上一靠,瞬间泄了气。

电话那头沉默了两秒后,一个熟悉的声音悠悠开口:"如果他已经听到了呢?"

我一个激灵,从椅子上直接跳了起来!

周……周谨?

"礼礼,刚才忘记告诉你,楼上吵得太大声,我们家都跑一楼来躲清静,我现在在周谨房间里呢。"顾瑶插话,笑意已经快憋不住了,"对不起,我开了扬声器,你们慢聊,我出去探探情报!"

听筒里传出她急匆匆的脚步,接着是关门声,再然后……

"说话啊。"周谨继续开口,语气是一贯的漫不经心,是久违的调子,"你不是想问我吗,现在我本人可以亲自解答。"

101

房间里突然变得有点缺氧,我望了一眼窗台,顿时生出一种想破窗而逃的冲动。

"也……也没……没什么。"我装作镇定,只不过越说话,嗓子越发紧,"就是我这几天上不了网,不会做的题没法发给你,就是这么个事情而已。"

周谨"哦"了一声:"哪几题?"

我手抖着翻出他给的那套资料,胡乱报了两个题号。

那头传来书页翻动的响声,过了会儿,周谨不动声色道:"这两类题型,在做过的练习里出现三次了,之前你怎么没说过不会?"

我将资料盖到脸上,放弃挣扎。

算了,在这人面前,我永远赢不了。

"倒是听说你现在会的东西不少。"周谨话锋一转,"连翘课也会了。"

我抠着指甲盖嗫嚅:"不是你想象中的那样……也不是你听到的那样!"

电话里轻笑一声,他的声音温润起来:"你知道我想的是哪样?听到的又是哪样?"

"反正哪样都和事实严重不符。"我回道。

"那事实是什么呢?"他反问。

"事实……"我握紧手机,看着窗户上自己的倒影,"对不起……我错了,我不该翘课的。"

话筒里传来轻微的响动,大概是周谨变换了个听电话的姿势,这声音却勾起了我的联想,眼前开始浮现他房间的样子。

临窗的书桌,落地的书架,一盏可以弯曲灯杆而改变高度的台灯。

周谨在家看书或写作业时,不喜欢老老实实坐在椅子上,有时学着学着就坐到了桌上,背靠书墙,屈起一条腿当架子。到了夜晚,台灯的光线会在玻璃窗上映出他坐在桌上看书的模样。光影交替,窗上的轮廓从小小的幼童渐渐长成了高瘦的少年……

"马上考试了,说好的全市前四百名还做得到吗?"他问。

"你是不是又上桌了?"我答非所问。

"你管呢。"他回了句,"如果我在前四百个人里没看到你的名字,那就……"

我等了半天都没听到"就"字后面的内容:"就怎样?"

"就……再说。"

"喊。"我翻了个他看不见的白眼,"放心,肯定能做到。"

"这么自信?"

"对。"我挺起腰背,一本正经地对着手机说道,"因为人生中确定无疑的事情,我已经找到一桩了。"

电话那头没出声,可我觉得,周谨应该是勾了勾嘴角。

"你最好是。"他说。

之后的日子,一片风平浪静。

我拿回了手机,也一头扎进了考前密集的复习里。由于在世西的排名实在不具备任何参考价值,这场全市统考的结果就显得尤为重要。

考试的最后一天，天空飘起了这年的第二场雪。最后一门考试结束的铃声一响，整栋教学楼爆发出山呼海啸般的欢叫。

人潮从楼梯上奔流而下，在楼前的小广场轰然散开，拥入漫天的大雪之中。

我倚着一楼走廊的栏杆，看旁人在雪中嬉笑穿行，忽然觉得这里的人考完试很少有对答案的习惯，也挺好的。

今天雪下得尤其大，地上已经积了一层，几个好动的男生迫不及待地四处收集雪团，开始互相扔掷。其中就有赵吉，他是楚言的发小，眼下玩得最起劲。

一个雪球嗖地飞来，在我手边的栏杆上砸得粉碎。赵吉见状，双手拱成喇叭形，朝我喊道："学霸，你稍微躲开点。"

"你才应该躲开点。"楚言的声音翩然而至，他在我身边站定，朝赵吉挥了挥手。

赵吉笑骂了一句，转身又加入"战局"中。

"放假了。"楚言半靠着墙柱，说道。

"放假了。"我松弛地长出一口气，"开学再见。"

"你……寒假不在这边？"

"要过年了嘛，总得回家啊。"我说，"那个家是回不去了，今年和我妈回外婆那儿去。"

楚言"哦"了一声，说："也是。"

雪簌簌地落着，人群里传来阵阵嬉闹，衬得我们之间异常安静。

"你怎么了啊？"我看向他，"心事重重的。"

"没有啊。"他旋即否认，"在想刚才考试的题目而已。"

"会有这种事吗？"

"怎么，不信啊？"他抱起胳膊，"这不很正常吗，又不是你发小那种人才有的特权。"

"噢，你多虑了。"我摇摇头，"他考完试从来不会再去想的。"

楚言气得笑了出来，他换了个姿势，半坐在栏杆上。

"其实我初中就见过他，三中篮球校队的周谨。"他望着天花板，说。

"是校级联赛的时候？"

"嗯。"楚言点点头，傲气道："可惜决赛前一天我训练受伤了，无法上场，否则，冠军是谁还不一定呢。"

我背过脸，偷偷撇起嘴。而楚言却料准了似的，眼疾手快地给我额头上来了一记。

我"哎哟"地捂住前额，不满地瞪着他。

他却抬手帮我转了个身，从后面推着我向外走。

"放学了还留在这儿干吗？走了！"

19.

夜幕刚刚降临，礼花又在天空中此起彼落地绽开。

"到底是郊区不禁鞭，还能体会点过年的气氛。"说这话时，妈妈正从厨房端出热气腾腾的菜。

在里头掌勺的外公闻言，自锅铲乒乓间哼笑一声："从早到晚，不是鞭炮就是烟花，能从除夕一直听到元宵。"

"礼礼，汤好了，先过来喝。"

外公外婆的家位于郊外，两年前，他们卖掉了市区的老房子，在郊野一带购置了这处独栋小别墅，面积不大，但对养老生活而言绰绰有余。

晚饭后，我坐在地毯上看电视，腿边伏着一条名叫"金毛"的金毛犬。

"有沙发不坐，你可真愿意和金毛待一块儿。"妈妈抱怨道。

"你也太爱管事了，孩子喜欢坐哪儿就坐哪儿。"外婆将洗好的水果盘摆到茶几上，"我这里开了地暖，又不会冷。"

我得意地伸起了懒腰。

窗外的烟火声阵势比刚才小了许多，不过等到午夜时分，又会迎来另一波高峰——住了这么些天，我已经摸清规律了。

老实说，这一带除了交通不够便捷、配套设施落后，实在是个度假休息的好地方。附近有个古镇，过年期间还挺热闹，但也不是人挤人的那种热闹，外公外婆经常撺掇我去逛逛，奈何我太懒了，每天吃了睡睡了吃，根本不想出门，要不是有两个老人撑腰外加期末考试名次不错，真怀疑我妈能把我赶出去。

电视机里放送着循规蹈矩的晚会节目，妈妈和外公外婆坐在沙发上边看边聊天,金毛已经睡着了,偶尔发出几声酣睡的呼噜。

父母离婚后的第一个春节,过得意外平静,仿佛从前的每个春节都是这样过来的,所有谈话内容只与现在和将来有关,似乎只要对过去保持沉默,就可以背对生活的创口。

"阿育的侄子,现在是六中校长了,今天她给我打电话拜年的时候,特地提了一句,如果礼礼想转学去六中,她能打上招呼……我是觉得,虽然孩子念书自觉,但学习环境也很重要,六中还是挺不错的。"外婆在和妈妈闲聊,一字一句飘进了我的耳朵里。

"六中,那不是寄宿制学校吗?"

"是,你本来工作就忙,照顾礼礼分身乏术,说不定住校是个好选择。"

"这得问问她的意思。"妈妈说着,叫了我一句,"礼礼,你想转学去六中吗?"

我回过头,放下了手里的零食。

"六中呢,虽然不比附中,但师资力量和生源条件,肯定甩开世西一大截。"妈妈看着我,分析道,"不过转去了就得住校,两周回家一次,你觉得呢?"

我思索片刻,摇摇头:"算了,好不容易才适应了世西的环境,不想再换地方了。而且世西也有好老师。"

"傻孩子,六中有更好的老师,能帮你考出更好的成绩!"

外婆急急地劝道，"那世西现在都堕落成什么样了，虽说你这回期末考得不错，但离高考还有两年半呢，万一日后和其他学校的差距越拉越大，你就把自己给耽误了知道吗！"

"妈，你别着急。"妈妈抚着外婆的肩，继续对我说，"礼礼，你是怕转学到那里会有压力吗？其实你这次考试的排名，放在六中也拿得出手。"

"我没有压力。"我认真道，"但世西没有你们想象得那么差，我们班主任老徐以前还带出过全市状元呢。"

这话倒是让她们都一愣。

"真的，你们别担心了，再换个环境，我起码还得适应上大半年，不如就留在世西，这次期末成绩不也证明了世西没有拖我的后腿吗？"我继续坚持。

外婆看了看妈妈，又看了看外公，一时不知该说什么。

"可是……那个秦涵还在世西……"犹豫再三，妈妈终于把疑虑问出了口，"真的不要紧吗？"

"秦涵？不就是那个谁的女儿？"外婆吃惊不小，但被外公用眼神拦住了。

我笑笑："妈，你还怕我被她欺负了不成吗？"

妈妈垂下眼，沉默了。

这份努力营造出来的喜乐氛围终究出现了一丝裂缝，现实的冷风乘虚而入，将掩住往事的遮布吹起一角。

"要我说，环境是一方面，但最重要的还是在于自身。"外公端起茶杯，出面打圆场，"我当年还是个下放知青呢，条件够差了吧,本以为一辈子再也没有机会念书的,最后不也考上大学了吗?"

于是,关于转学的话题就这么不了了之。大家围坐在客厅里又看了会儿电视,更晚时,我第一个起身上楼。

站在二楼楼梯口,我听见外婆又在问:"李婉的女儿和礼礼在一所学校念书?这事你怎么从来没提过?"

"提不提的,她俩也同校一学期了。"

"黎建阳真是个拎不清的!"外婆努力压着声音,却压不住怒火,"你也是,上学那会儿我就说过,李婉小小年纪一肚子的心思,跟她待一起你是要吃亏的,偏不听……"

"少讲两句吧……"外公劝道。

"那转学呢?这就算了?"外婆还是不甘心,"别一步错,步步错。"

"礼礼长大了,应该尊重她的意见。"妈妈音量不大,态度却很坚定,"而且,我也不希望她去住校……我出差不在身边的那段时间里,她一个人承受太多了,现在想起来都觉得……"

后面的话我没再继续听,轻手轻脚地进了房间。

接近零点,外面再次热闹起来,我索性推开窗,一瞬间,齐鸣的烟火爆竹声清晰如在耳畔。不知是古镇上有活动还是什么的,今夜的天空尤为壮观,火树银花接连不断地绽放,又如流星雨幕般落下,一片灿烂。

手机连振几下,一些群发的祝福消息挨个跳了出来。我一一回复完，顺手点开朋友圈，页面里是各种扎堆发送的照片和文案。

江皎姣发了一张新年配图，赵吉发了一桌子的菜，徐南发了一段话，顾瑶发了一张比剪刀手的自拍，背景是年夜饭饭局上，照片右上角还露出了周谨的半张侧脸，虽然拍得模糊，但少年优越的轮廓和清冷的气质依旧抢眼。

我用手机拍下满天灿烂的礼花，也凑热闹地发了一条，简单配了四个字，"新年快乐"。

没多久，一条新的状态在页面最上方出现，楚言发了"新年快乐"四个字，配图是一张空街的照片，点开放大看，正是我们租住附近的那条街。

手指继续滑动，另一条新状态紧接着出现——照片里是另一张胶卷年代的老照片，四个孩子手里举着细长的烟花棒，乖乖站成一排，笑得神采飞扬。

"新年快乐"，在这条一分钟前发送出的照片上方，周谨如是写道。

20.

清晨，一通猝不及防的电话把我从梦中叫醒。

"礼礼，新年快乐，半小时后见！"

"见？见什么……"

"见面啊。"顾瑶很欢快地说道，电话里还传来类似车载广播的背景声，"我和我哥在出租车上，已经出市区了，大概再过半小时到你说的那个古镇,赶紧起床,知道没!"

放下手机,我从床上直接跃起,飞奔进洗手间。

昨晚发出朋友圈后,顾瑶问我是哪里的烟花这么好看,我其实也不确定,便随口说是古镇上的新年仪式,没想到她今天真过来了,关键还带了周谨!

洗漱的时候,我在脑子里飞快地盘算:从这里到古镇大概要十五分钟,搭配好出门要穿的衣服大概要五分钟,那么剩下的十分钟里,洗头和吃早饭只能二选一……

对着镜子,我摸了把乱成一捆稻草的头发,几乎只花了一秒就做好了决定。

十五分钟后,我狂奔下楼,像阵风似的穿过客厅和花园,引得金毛连叫了好几声。

等我在古镇售票处前累得气喘喘直不起腰时,一辆出租车在脚边缓缓停下,车门推开,周家兄妹光鲜亮丽地迈了出来。

"你不会是跑来的吧?"顾瑶惊道,"怎么不打车呢?"

"这个点,这种郊区,你认为我能打到车?"我气还没顺匀,越说越来火,"要么晚点来,要么早点说!"

"哎哟,别生气嘛,本来我是打算再早点打电话的。"她嬉皮笑脸地上前拉住我,反手就指向身后,"但他说你懒,让你再多睡一会儿。"

顺着顾瑶手指的方向,我的目光落到了她的身后。周谨穿了一身黑色,外套领子翻立,拉链拉至最顶,只露出上半张脸,一言不发，跟漫画里的忍者似的。

我真想连他一块儿骂了，却怎么也张不动嘴，毕竟遮去一半后，那上半张剑眉星目的脸反而比平时更惑人了……

没出息……我暗暗骂自己。

"抓紧时间，十一点前得回去。"周谨开口说了第一句话。

"这么着急，你们到底干吗来了？"我不解。

"当然是来看你咯！"顾瑶抢着答。

"扯淡。"我毫不留情地揭穿。

周谨闷笑了一声，终于肯把领子拉下来，完整露出那张瘦削清俊的脸。

"她是来抱佛脚的。"周谨散漫地指了指他妹，"不然也不可能起这么早。"

"抱谁？"

"龙莲寺，据说始建于南宋时期，据地方县志记载，因民间传闻其发生过鲤鱼化龙事件而得名……"念着顾瑶从网上搜来的介绍，我很是不解。

"哎呀，你别念了，还给我！"她嫌弃地从我手上夺回自己的手机，一脸严肃道，"先说好，我可不管你心里怎么想的，总之等会儿进了寺里，言行千万要注意，不可不敬。"说罢，又指着走在另一侧的周谨，严正警告，"还有你也是，听到没？"

我侧目，见周谨百无聊赖地点了下头，才突然有点回过味来："你不是从来不信这些的吗，跑来凑什么热闹？"

"我来看看，不行？"他瞧着我，反问。

"他现在是我的出行许可证。"顾瑶叹气道，"如果没有他同行，我妈都不肯放我出来。"

我会意，试探地问："你跟徐南现在……"

"别提了，都快尴尬死了。"提起这茬，顾瑶瞬间变成苦瓜脸，"每次只要一考砸，我妈就怀疑我心思用在别的地方，然后对我和徐南更加严防死守……关键吧，我们两家住得又近，现在我是见到徐南的爸妈都心虚，网上还整天说什么青梅竹马多甜……扯淡，都是扯淡！"

我不厚道地笑了出来，倏忽间目光与周谨不期而遇，只相触一秒，就各自慌神地移开。之后顾瑶又说了什么，我都压根没听清楚。

古镇的早晨十分宁静，长街两侧挂起连绵的红灯笼，节庆氛围还挺浓重。

因为出门太早，三个人都没来得及吃早饭，于是在一家出摊早的店门口，一人端一碗小馄饨，坐在靠近蜡梅树边的露天桌吃了起来。

"顾瑶，你说的这个庙还有多远啊？"我问道，热腾腾的馄饨汤喝下去后，感觉浑身都苏醒了。

顾瑶琢磨着，没底气地说："好像要穿过这个镇……"

"老板，去龙莲寺最近的路该怎么走？"周谨当机立断地转向店主人询问道。

"龙莲寺啊，再往前面两百米左右，看见一个挂满彩绳的礼品店就右拐，然后一直走，直到看见一座石桥，那边之前封路修桥，正好前几天开放了，从桥上过去能快很多。"老板是个中年大叔，清早食客稀少，他靠在柜台边无聊地刷手机，顺便和我们聊了起来。

"看你们的样子应该还在念书吧，这么早过来，是准备去庙里求学业的？"

"呃……我们就是听说有这个地方，随便看看，随便看看。"被人这样直接一问，顾瑶反倒不好意思承认了。

"那你们的消息很灵通啊，这地方，本地人知道的都少，反而是外地游客来得多。"老板放下手机，饶有兴致地介绍起来，"不过这寺倒是挺灵的，尤其是求学业啦，求姻缘啦，我朋友的儿子，平时成绩一般般，高考前到这里拜了拜，结果超常发挥上了个一本大学。毕业后找不到对象，又去这里拜了拜，一个月就脱单了，现在小孩都会走路了。"

"那，拜的时候有没有什么讲究？"顾瑶听得津津有味，连忙追问。

接下来，她和老板一问一答，聊得不亦乐乎，我和周谨则埋头干饭。层云飘散，日光渐盛，整条街都被笼上一层淡淡的光芒，蜡梅树在青石地砖上留下枝干的投影，晨风拂动，枝影微颤，梅香阵阵。

早上出门太急，我头发只吹了个半干，现在发根还有点潮，风一吹，寒气就像顺着头皮毛孔直接钻进了脑壳里。

正暗自担忧这样吹下去会不会犯头疼,忽然一只手伸进了我的发丝里。

一瞬间,我愣住了。

那只手探进发间后也是微微一滞,接着,又抽了回去。

我怔怔地看着周谨指尖捏住的一朵小小梅花,花瓣上仿佛还带着些微的湿气。

"被风吹下来,落在了……"他手指简单地比画了一下,盯着我的头发蹙眉道,"你怎么……"

"走吧!"顾瑶放下碗,手一挥,"老板说了,去得越早越灵!"

我们沿着老板指的路线继续走,此刻街上的人气较之刚才旺了一些,顾瑶急不可耐地催促赶路,生怕被路人抢走了功名似的。

转角处,果然有一家挂满彩绳的店,顾瑶兴奋地就要朝前奔去,却被周谨一把拉住。

"怎么了哥?"

"在门口等我一下。"周谨说完,转头钻进店里,再出来时,手里拿了两顶红色的毛线帽,不由分说地往我和顾瑶头上各扣一顶。

"你干吗呀!"顾瑶抗议着要去摘,"也太土了吧。"

周谨却说:"你不知道吗,烧香的时候戴红帽子,许愿会更灵。"

"是吗？"或许是周谨在顾瑶心里天生就有说服力，她还真信了这番鬼话，刚举起的手也顺从地放下了。

"哎，别看他平时一本正经的，原来也迷信着哪。"顾瑶凑到我耳边偷笑。

我随意地应和几句，又伸手摸了摸头上的帽子，很厚实的毛线，很温暖。

周谨若无其事地走在前面带路，从旁经过的游客，频频有人回头张望。

人群中最耀眼的少年，即便只是背影，也具有勾人神魂的魔力。

从那座石桥下来，又穿过一片湖边的小树林，一座黄墙碧瓦的建筑终于出现在了层林之中。

站在寺门外，墙面斑驳，野草丛生，门前立着一只香炉，看上去已是饱受风霜侵蚀。

说实话，如果不是墙瓦的颜色以及悬于顶的匾额上书写着"龙莲寺"三个大字，路过门口恐怕只会以为这是座旧式民宅。

入口处的格局也很奇怪，门里光线昏暗，连着一条看似幽深的甬道，有模糊的人声断断续续从尽头传来，分不清是在说话还是唱歌，配合着周边破败的环境，实在有几分灵异感。

"你们……真要进去吗？"我盯着黑洞洞的门，问。

"来都来了，当然。"顾瑶嘴上坚定，脚却一步也不肯迈。

身后起了阵风，阴恻恻地挠着后背，顾瑶好像还哆嗦了一下。

"你不觉得,这地方实在有点……"我欲言又止,心里咚咚咚敲起退堂鼓,"一路上连个人影都看不到,是不是太奇怪了?"

"人不是在里头吗?"周谨朝门里扬扬下巴,不嫌事大地瞧着我俩。

"可……可是……"

说话间,那缥缈诡异的声音再次从甬道里传来。

顾瑶一把拽住我的胳膊就向后退:"算了,在门口拜拜也是一样的,心意到了就好。"

我巴不得听见这话,就差摁着她的脑袋往地上磕一下然后赶紧撤,可就在这时,周谨两手插兜,大摇大摆地踏了进去。

"哥……"顾瑶想叫住他,却又不敢大声叫。

"跟上。"周大少爷淡定从容,脚步声在甬道里回荡。

我和顾瑶对视一眼,咬牙跟了上去。

甬道其实不长,在尽头处拐个弯,斑斑点点的光线就从漏窗里透了出来。

眼前的格局好似一间前厅,梁顶很高,厅门敞开,能看见对面的主厅里摆放的佛像,两厅之间隔了一处天井,越看越像是民宅改造的寺院。

前厅口摆了张老式木桌,一位大爷闲适地坐在后边,看打扮既不似僧人也不似道士,好像就是个普通看门的,桌上摆了个便携收音机,正在咿咿呀呀地播着戏曲。

见有人来，大爷动了动，伸长脖子朝里头喊了一声："小王，来人了。"

里间随即有个身影应声而出。

"几位好，是求签问事，还是祈福祝祷啊？"来者是个四十岁左右的大姐，穿了件喜庆的花色棉服，笑意吟吟地瞧着我们，仿佛在问"您几位是堂吃还是打包"。

我和周谨互看一眼，同时向后退了一步。

几分钟后，顾瑶手握一张签文从主殿里出来，表情严肃。

"怎么了你，抽到下签啦？"我随口问。

顾瑶立刻瞪了我一眼，心虚地盖住签纸："你们在边上逛逛吧，我要拿给师父解签，你们不能听。"

"师父？哪个师父？"

顾瑶朝门口一抬下巴："就是他。"

疑似看门的老大爷此刻感受到了三束目光，于是收起收音机，从口袋里摸出老花镜戴上，坐姿也端正起来，一副准备接单的样子。

顾瑶屁颠屁颠地小跑过去，一边恭恭敬敬地递上签文，一边还偷偷摆手示意我和周谨两个"闲杂人等"赶紧离开。

我实在没忍住念叨了句："你妹这症状多久了？以前好像没这么严重。"

"不知道，我这一学期也难得见她几面。"周谨闷着笑，忽然话锋一转，"算起来还没有跟你待一起的时间长。"

我将头转向另一侧,脸才敢悄悄地红,顺势看见一条鹅卵石小路:"那是什么地方?"

"去看看。"周谨迈开长腿,越过我时,还手欠地将绒线帽往下拉了一把。

小路通往一座花园,园里有一片很大的池塘,与墙外的活水相通,水面上杂乱地立着一些残荷,几尾锦鲤在池底缓缓游弋。

湖心有一座凉亭,周谨单手撑在栏边,懒懒立着,看着水面忽然笑了起来。

"笑什么?"我问。

他指指水底一条通体全白,唯独头顶一块红斑的鲤鱼:"不觉得跟你很像吗?"

我看了眼自己身上的白毛衣,故意扯掉头上那顶红帽子,没承想静电一阵噼里啪啦,头发像氅毛般竖了起来。

周谨笑得几乎直不起腰来,等笑够了,才凑近,伸手想要替我理顺头发。

我左躲右闪,不给他碰,于是他半恼半笑地皱起眉:"别动。"

他这样一说,我真就没出息地一动不动,任凭他摆弄。

日光渐盛,池塘水面闪动着粼粼波光,岸边每一砖每一石,都像在发光。

周谨的脸凑得很近,抬眸转眼间,我都能看见阳光是如何在他长长的睫毛上跳动滑落。

我将目光移向湖水,不想被他发现藏在眼底的秘密。

"你的头发干了。"他淡淡道,手指在我脑后轻轻揉了下。

"嗯……谢谢。"我心底慌乱得很,随手将帽子递向他,还朝后退了一步。

周谨先是一愣,随后接下帽子,继续退回扶栏边看鱼。

我也学他的样子趴在边上往水里瞧:"哎?鱼呢?"

"被你吓跑了。"他随口道。

"是被你吓跑了好吧,你笑得那么大声。"我立即反驳,转身在栏边的长椅上坐下,"你妹妹今天特意过来求签问卜,你却把锦鲤给吓跑了,你可真是个好哥哥。"

周谨也回身在我边上坐下,手里玩弄着绒线帽,嘴上毫不在意:"不还有两条吗?"

"哪儿呢?"

"这儿呢。"他用眼神在我们之间比画了一下,"你跟我,不也是'谨礼'?"

我还没来得及接话,他又道:"别否认,这话是你自己说的。有你小学时那幅'锦鲤大作'为证。"

幼稚……我在心里嘟囔。

冬日的湖水,平静得像面镜子,很快,那些锦鲤又游了回来,伏在湖石下,不肯再动了。

"顾瑶到底怎么了,神神道道的?"我问。

"考砸了,被她妈狠狠骂了一通,受了很大的刺激。"周谨背靠着扶栏,微微仰头,下颌线拉伸得更加清晰好看,"说起来你和我都有责任。"

听到这儿，我忍不住觉得顾瑶实惨，她老妈是出了名的焦虑家长，又好死不死地摊上周谨这种"别人家的小孩"当表哥，原本还有个我可以惺惺相惜，结果我由于种种原因突然发奋了起来……

这么一想，我和周谨起个大早陪她到这鸟不拉屎的地方来烧香拜佛实在是合情合理。

"忘了说，你在附中出名了。"周谨偏过头，似笑非笑，话语间竟有点骄傲的意味，"统考出成绩那天，附中办公室都在传，世西今年居然出了'一匹黑马'，进了前三百名。"

"哦，是吗？"我故作淡定，"我倒是觉得，还能考得再高一些。"

周谨的嘴角彻底扬了起来，这次他没有打击我："我也觉得。"

有风拂过湖面，不冷，还携着淡淡的蜡梅花香。

"大学想去哪里？"周谨望着微澜的水面，问。

我看了他一眼，也将视线投向远处："我知道你想考哪所大学，可惜你的目标对我而言太高了。不过它隔壁的政法大学，我倒是可以试一试。"

"那就希望你……"

"哎，你说顾瑶是不是拜错地方了？"我忽然福至心灵，一拍腿站了起来，"这地方叫龙莲寺，是因为鲤鱼化龙而得名，所谓鲤鱼化龙也就是鱼跃龙门、考试高中的意思，她是不是应该过来拜拜鲤鱼大仙才对？"

121

周谨听得发愣，嘴角抽了抽，道："那……要么你试试？"

"行！"我对自己这套突发奇想的理论深信不疑，于是毫不犹豫地跑到正对湖中央的位置，闭眼合十，将愿望在心里使劲念了三遍。睁开眼后，觉得还不够，又从口袋里摸出一枚硬币，瞄准湖心的那座鲤鱼荷叶的雕塑，一抛。

硬币落入水中，连雕塑的边都没挨到。

我不甘心，又摸出第二枚硬币，这次扔得更加专注，但硬币碰到荷叶边后，被无情地弹开，再次落入水中。

我怔怔地看着硬币消失处漾起的水纹，心顿时也像掉进水里似的凉了大半截。

有时候，什么都没想过倒也无所谓，可一旦接受了某些玄之又玄的传闻，便会不由自主地将某些情况看作一种征兆。

难道……我的愿望又要落空了？

胡思乱想间，我再次将手伸进口袋里，这回却什么也没摸到，硬币用完了。

有不好的预感，阴云般笼上心头。

望着湖心那座雕塑，我脑子里又乱又空，甚至都没注意到身旁又立了一个人，直到他牵起我的手。

周谨从口袋里掏出一枚硬币，用没牵住我的那只手掂了掂，然后奋力向湖心一抛。

硬币在空中翻转，至最高处时，表面折射阳光，亮起一瞬锐利的光芒，接着，顺抛物线轨迹下落，最后发出一声清脆的响声。

那枚硬币，稳稳落在了荷叶中央。

"哥！礼礼！"园外响起顾瑶的声音。

我终于回过神，面红耳赤地抽回自己的手，快步朝外面走。

周谨跟在身侧，不急不缓。

"哎，你这样是作弊吧？"我胡乱找话题，想掩饰自己的心猿意马，"万一算的是你的愿望，不算我的呢？"

周谨没发出声音，我低着头，但总觉得他好像笑了一下。

"你怎么知道，我的愿望和你的愿望，不是同一个愿望呢？"

"啊？"我脚下一顿，周谨便走到了前头。园门外，顾瑶的声音也越来越近。

"哥，你拿着礼礼的帽子干吗？"周谨踏出园子，我就听见外头的顾瑶在问。

"她递过来，我还能不接着吗？"周谨说。

"礼礼怎么还没出来，我们该回去了……"

我加快脚步，小跑着出了园子。身后，湖光粼粼，一池锦鲤又开始缓缓游动。倏忽之际，一尾红鲤跃出水面，又翻越落下，霎时水花四溅，而后逐渐回归平静。

湖水中央，莲叶上那枚硬币在阳光下闪闪发亮。

21.

高二那年，爸爸和李婉决裂了。

这场分手据说闹得很难看，起因与李婉前夫三番五次的纠缠有很大关系，爸爸由人推己，对李婉的疑心日渐加重，最终撕破了脸。

另一边，秦涵在学校也没消停，由于几次霸凌事件，她和她的小团体受到了严肃处分，而她又是借读的身份，因此直接被强制要求返回学籍所在学校。这一回，不会再有人替她出面周旋。

秦涵离校的那天傍晚，教室外围了很多人，有被她欺负过的、有和她起过冲突的、有根本不认识只是来看热闹的，挤在走廊上，七嘴八舌地议论着。

教室里只有秦涵一个人，正胡乱地将课桌上的东西往包里扔。

"看什么看！再看信不信把你们的眼珠抠出来，反正我也被开除了！"她朝外面的众人大叫，面目狰狞，接着，又抄起一本书砸在窗玻璃上，嘶吼，"全都滚！"

围观者们在她歇斯底里的咒骂中离去，人潮退散，只剩我还站在教室门外。

"满意了吗，嗯？"她双眼通红，怒视着我，仿佛我是这一切的始作俑者。

"你还是注意点吧，虽然离校了，但如果砸坏窗户还是要赔的。"我无视她的怒火，不急不缓地走进教室，"听说你爸还在问你妈追要财产，她现在没人依靠，捉襟见肘，你也该懂事地替她省点钱。"

"你……"秦涵咬牙切齿，可身上气焰终究消了下去。她向来是个懂得利弊的人,失去了能够依靠的靠山,便该老老实实地做回那个柔弱可怜的"无害"少女。

"黎礼,你很得意吧?"她瞪着我,眼里冒出泪水,"殷实的家庭,有能力的父亲,一群从小长大的好朋友,还有周谨这样几乎完美的竹马,凭什么你一出生就能拥有这些?凭什么我要在鸡飞狗跳的环境里长大?凭什么我不能获得你所有过的一切?"

我静静听着她语无伦次的发泄,细细观察她的模样——说实话,与她有隔阂以来,我很久没有专注地看过秦涵的样子了。

还记得与她初次见面时那种强烈的惊艳感,美之于她,是一柄锐利的武器。可惜,如今这份美感正在渐渐枯萎。

为了迎合小团体的风格,她学那些人用劣质的化妆品抹出浓妆,将原本精致的五官画得风尘味十足,皮肤也越来越差,现在,脸上那一层厚厚的粉底已经遮盖不住深深浅浅的痘印和过敏斑痕。

除此之外,那些人带给她的习气,也抹杀着她原本的气质,她变得肉眼可见的庸俗、粗鄙,这些由内而外的改变,连同她从李婉那儿学来的自作聪明的心机,都成了致她"毁容"的利刃。

"秦涵,从前我是恨你,但现在也真的可怜你。"我看着她的眼睛,无比平静道。

秦涵似乎猜到我会这样说,她傲慢地抬起下巴:"呵,少来这套,我现在是落魄了,可你又能好到哪里去呢?"

她抬手指了指周围,开始笑,笑得越发恶毒:"好好看看,这里是世西,一所烂学校!你和你妈现在在边上的老破小区租房子住！怎么样，旧城区很垃圾吧？和你从小长大的地方不能比吧？告诉你，我也待过类似的地方，待过很多年，这样的地方就像一摊烂泥沼泽，拼命将人困住，当初，我和我妈都发誓一定要走出去，无论用哪种方式。"

"别以为你一两次考试考得好，未来就能一帆风顺了。"她继续说着，眼神里流露出莫名的不屑，"说不定以后哪天，你也会发现，我妈的手段才是真的管用。"

"你妈的手段要是真管用，怎么两年不到就又被扫地出门了？"我扶着额头，感觉和她对话真是件无聊的事情。

秦涵哑然，但很快又继续嘴硬道："走着瞧。"

我笑了："行啊，你们现在搬哪儿去了？有空我走着去瞧瞧你们。"

"你……"她的两道细眉快要拧成一股麻绳，看着我却说不出话来，反而局促地捏起衣角。

"秦涵，有些做人的道理你妈不懂，只能由我来教教你，人和人是不一样的。"我斜倚着讲台，双手插进校服兜里，慢条斯理道，"有些人凡事喜欢依靠自己，比如我妈，虽说我俩现在住着老破小的房子，但那是为了我上学方便。不瞒你说，我妈的事业比以前更好了，她最近在看新房子，等高考一结束我们就搬家。"

"在你和你妈眼里，我爸如此有能力，是你们无论如何都要攀附的大树。可在我妈眼里，我爸只是一个伴侣，哪天分开了也就分开了，没有哪件事是离了他就不行的。

"你们嫉妒别人所拥有的,于是费尽心思据为己有,还准备了一套'各凭本事'的说辞,可一旦守不住了,又哭诉生活如何不公,不觉得很可笑吗?"

"轮不到你来说我妈妈!"秦涵怒叫着,"不许你说她!"

我顿了顿,等她稍微平复,继续道:"我理解,于你而言,妈妈是最重要的人,所以你对她言听计从,从不质疑,但有件事我想告诉你,你陷入她的洗脑思维太深了,有些事别说对错,甚至真假都没法区分。"

"你什么意思?"

我指了指肩膀:"你这里有块烫伤的疤,第一次见面的时候,你说是被你爸爸烫的,没错吧?"

秦涵点点头,狐疑地盯着我。

"你爸闹上门来那次,他们在争执中各种翻旧账,偶然提起了这件事。当时的情况却是,你爸指责李婉当年操作不慎烫伤了你,并且延误了最佳治疗时间,让你永远留下了这块疤。"

这件事是顾瑶转述给我的,当时秦涵不在,她父母又一次在楼道里吵得不可开交,顾瑶路过时正好听了一耳朵。

"这不可能。"秦涵摇头,"明明就是他干的,他重男轻女,讲出来的话不能信!"

"可你妈妈并没有否认啊。"

"不可能,不可能啊……"秦涵扶住桌子,神色慌乱了起来。

因为这块疤痕的存在,她不敢穿露肩的衣服,每次洗澡都要厌恶地用毛巾捂住。这些是认识之初,她为了尽快拉近关系告诉我的。对她而言,那块疤不仅丑陋,更代表着来自原生家庭的伤害,如今又多了一层含义——谎言。

秦涵蹲下身,抱住膝盖,嘴里反复念叨着"不可能,怎么可能是我妈",眼泪断了线似的掉。

看着她这副样子,我忽然有些不忍心。人是无法选择出身的,如果她没有摊上那样一个母亲,或许……

"不可能!"秦涵突然爆发出一声嘶吼,她抓着头发,满脸泪痕,满身狼狈,"我妈妈不会骗我,她是唯一保护我的人!是你们在说谎!"

我慢慢靠近过去,在她面前蹲下,平视着她的眼睛,问:"秦涵,你想过未来吗?"

秦涵抽噎着,不说话。

"你该不会以后真想像你妈妈一样,把一切人生指望都寄托在别人身上?"我叹了口气,"回想下走来的这一路吧,你真觉得,她的手段是正确的?"

秦涵埋着头,肩膀起起伏伏,良久,她闷闷地说了一个字:"滚。"

我站起身,径直走出教室。

初春的傍晚天色未暗,气候宜人,空气里混合着草木清淡的香气,是万物复苏的味道。

有件事,我终究没有狠下心来告诉秦涵。那天顾瑶偶遇秦爸和李婉争执,于是偷偷在楼梯拐角处用手机录音,在她发过来的音频文件里，我听到了这样一段对话。

秦爸："你少在这里泼我脏水，涵涵三岁那年，被你拿开水壶烫到肩膀，那块疤到现在还留着，你算什么称职的妈妈！"

李婉："烫到又怎么了，我生她养她，也不是故意烫的，凭什么说我不称职！"

秦爸："好，就算你并非故意，但一直耽搁着不肯去医院治疗的人也是你，没错吧！你口口声声说我们秦家人重男轻女，是，我们家确实更想要一个男孩，可涵涵刚出生时，第一个嫌弃她是女婴的，是你！"

李婉："我……"

秦爸："涵涵烫伤，是等我妈回家发现后才送去医院的。你当时因为她是个女孩而不高兴，根本不想管她。你想要个儿子，因为你认为只有儿子才能占得我家的财产，才能为你带来好处，你敢说自己不是这么想的？"

李婉："姓秦的，你别血口喷人！"

秦爸："孩子开始记事后，你又担心她记恨你，于是我们全家帮着编谎瞒她。李婉，我知道你是为了钱才嫁给我的，但摸着良心说，这些年我们秦家也不算亏待你吧？谁知你一看公司渐渐败落，转头就偷摸转移财产，早知道你是这种白眼狼，当初我……"

22.

高考结束那一天，数不清的书页碎片像雪花般飘洒在教学楼之间，随着狂欢声一同降落。

走在退场的人潮里，我环顾四周，女生们穿着改短的校服，男生们追逐打闹，一如三年前第一次踏进这座校园时那样。

接考的家长把校门围了个水泄不通，我看到妈妈抱着一束鲜花，脸上挂着汗珠，不知是在太阳底下站了多久，皮肤都被晒得红扑扑的。

她看见了我，便高高扬起手中的花束，笑得比艳阳还灿烂。

我走向她，穿过人海，越过笑语，一千多个日夜迎面扑来，与我们无声擦肩。

渐西的太阳依旧热烈，朝人间投下唯美的光影。路上，归家的身影熙熙攘攘，喧嚣声迎风飘往远处。

长街如初，光景依旧，三年白驹过隙，终究到了告别的时候。

世西的毕业聚会在学校操场上举行。夏夜里，塑料草坪上横七竖八地铺着几块花格子餐布，男生们从教室里搬出一排课桌，在上面摆放饮料和餐食，其中有一部分来自楚言家的店。

"来，同学们，让我们一起感谢今晚最大的赞助商，楚哥！"

赵吉举起啤酒瓶，朝众人高呼，随即一呼百应，席地野餐的同学们都纷纷举起酒瓶或饮料杯，操场上响起一片"楚哥，楚哥"的欢叫声。

名字响彻全场的主角本人此刻正坐在男生中央，他举起手示意众人安静，顺便轻轻踹了赵吉一脚。

闹腾一番后赵吉终于坐下了，兴致勃勃地勾过楚言的肩膀："楚哥，你得好好谢谢黎礼啊，你这成绩是被人家一手带上来的。"

说罢，赵吉从身后随手拿了一罐啤酒要递给我："来来来，学霸，我先替我兄弟敬你！"

"她不喝这个。"楚言从旁边的桌上拿下一杯饮料，直接替我挡开了赵吉的酒。

几个男生在边上吹起了口哨，赵吉笑得意味深长："好说，好说。"

我接过楚言递来的饮料，喝了口，清甜的荔枝水在舌尖漫开，一种似曾相识的味道。

这是三年前，第一次踏进楚家店里时，他请我喝的自制饮品。

"学霸，你要搬家了吧？"赵吉又说，他喝酒上脸，此刻面颊已经泛出红润，"在这儿历了三年劫，辛苦了。"

"哪有。"我说，"我很喜欢这里，真的。"

赵吉乐了，笑嘻嘻道："那这里的人呢，能不能一并喜欢？"

话一出口，一圈人就跟被点着了似的，接二连三地故意咳嗽。

"黎礼，其实我们楚——哎哟！"赵吉正说着，突然被一只凌空飞来的苹果砸中了胸口。

"吃你的，喝你的。"楚言出完手，面无表情道。

"校霸"一发话，旁人便停止了起哄，三三两两聊起了别的话题。

江皎姣带了自己做的纸杯蛋糕准备分给大家，刚还在边上嘻嘻哈哈的赵吉见状，立刻起身，接过她手里的盒子，屁颠屁颠地挨个分发起来。

江皎姣故作矜持地坐下，脸上的笑意藏也藏不住。

"哇……你们！"我几乎惊掉了下巴，"什么时候的事情，我怎么一点没看出来过？"

江皎姣横了我一眼，拿起小蛋糕就往我张圆了的嘴里塞："除了那个附中的竹马，你眼里还能看见谁啊？"

"真不好意思姣姐，我眼睛瞎了，给您赔罪。"说着，我举起饮料杯，和她碰了碰。

"喊。"她喝了口饮料，惬意地长舒一口气，仰头望向夜空，"可算结束了，闷头念书的日子。"

我也仰起头，夜空辽阔，晴朗无云，一轮明月高高悬起。月下，一排排教学楼安静矗立着，墙上还挂有没收起来的横幅，写着"高三加油""高考必胜"。

我们这一届毕业班，被学校寄予了极高的期望，冲刺一百天的时候，老徐每天都跟打鸡血一样劲头满满，有人说已经很多年没在徐老师的眼睛里见过那样的神采了。

世西今年高考的成绩也确实出乎所有人意料，虽然不能和那些强校比，但远远甩开了同档次学校一大截，以至直接拉高了这届中考的录取分数线。

"哎，高一刚开学那会儿，我其实挺烦你的，你应该没忘吧？"江皎姣问道。

"怎么会忘，你那时候满脸写着'别烦老娘'。"

"哈哈哈，那你居然还肯跟我交朋友？"她笑道，"那时我就奇怪，这人是受虐狂吗，越凶越来劲了。"

我咬着吸管想了想，说："大概是因为，当时刚刚经历过父母离婚的事情，对那种表面一套背后一套的人很抵触，所以碰到你这样什么都一五一十写在脸上的人，反而觉得很有安全感。"

"唉！"她听后又是叹气又是笑，"我呢，成绩从小就一般般，但对第一名又有莫名的执念，心想既然考不进好学校，那在差一点的学校里总能拿个头名吧？谁承想会遇到你这个'克星'……但必须承认，认识你是一件幸运的事情。"

"我也一样。"我歪头靠在她的肩膀，目光扫过这座校园，"最开始很后悔第三志愿填报得太随意了，可现在，我很感谢在世西经历的一切，这三年对我而言是很重要的三年。"

江皎姣握住我的手，轻轻哼起歌，她唱得很随意，也听不出是什么调子。我窝在她肩头安静听着，看着操场外，路灯照亮的林荫道，那是过去几年里无数次并肩走过的地方。

夜渐深，聚会现场也开始进入另一种气氛。有人在笑，有人却哭了，有人借着酒劲，终于鼓起勇气对别人说出了一直想说的话。

江皎姣被赵吉拉去了一边，我身边的位子空了出来。对面，楚言站起身，在江皎姣的位置上坐下。

"恭喜啊。"我对他道，"现在他们都管你叫'世西最会念书的校霸'。"

楚言扬起嘴角，笑容像月光一样干净："多亏黎礼老师，不抛弃不放弃。"

今年高考，世西冲出了"两匹黑马"，一个是我，另一个是楚言。分数下来时，几乎所有老师都不敢相信自己的眼睛，毕竟一个中考失利的"学霸"考出好成绩不算稀奇，但一个吊儿郎当的"校霸"最后超常发挥着实叫人意外。

当然，楚言的分数不能算多高，但已经是他所能努力够到的最好成绩了。

"你报了哪里？"我问。

"和你一个城市，但不在一个区。"他念出了校名，一所以设计见长的大学，"我选了建筑设计，要读五年，听说会很辛苦，但我想试试。"

我点点头："你画画有天赋，一定会是个好设计师。"

"唉，借你吉言。"他说着，屈起一条长腿，右臂松懒地搁在膝盖上，看上去潇洒随性，却又藏着心事。

"周谨这回出名了，今天早上连我妈都在说，新闻里那个市状元怎么长得又帅脑子又好，等上了大学，不知道有多少小姑娘要被他迷得六神无主。"他挑眉看向我，"你不担心吗？"

"笑死……我为什么要担心他？"我挺起腰板，嘴硬道，

"等我上了大学，说不定比他还受欢迎呢。"

"也对。"他浅笑，眉眼温柔得像今夜的晚风，"礼礼这么好看，该担心的是那小子。"

话说到这里，自然而然地陷入了沉默。

我低下头，有意无意地玩弄着鞋带，周遭的喧闹淡化成了背景，我能感到楚言的目光久久落在我身上，我也知道他的目光从过去到现在一直落在我身上。

"我很感谢你，真的。"我诚恳地看着他的眼睛，鼻头忽然有些发酸，"这三年，谢谢你的照顾。"

楚言的睫毛，不易察觉地颤动了下。

"谢什么，见外了。"他转过头，继续用轻松的语调讲，"等上了大学，要是那小子欺负你，尽管和楚哥说……当然，以我这个'姿色'，上大学后可能很快也不太方便了，你自行拿捏吧。"

我释然地笑了："好，谢谢楚哥。我一定做个有分寸的朋友。"

楚言从口袋里掏出一副耳机，自己戴上一只后，将另一只挂在了我耳朵上。

"有分寸的朋友，陪我听首歌吧。"

I look into your eyes, I see we're out of time.

（我看着你的眼，我明白我们的时光将近了。）

音乐中，眼前所见仿佛都覆上了一层朦朦胧胧的光。

身边嬉笑的是朝夕相处的同学,不远处静立的是日夜苦坐过的教室,空荡荡的楼道里似乎还回响着往日里的人声喧嚣。

But I remember days of wonder,we were always gonna last.

(但我仍记得那奇迹一般的日子,我们总要继续走下去。)

春天飘满校园的柳絮、夏天吱吱呀呀的旧电扇、秋天扫不尽的落叶、冬天下过的每一场雪,过往时光像默片般一帧帧飞速流转。

陈大爷店前望不见尽头的长队,冬至夜约定俗成的仪式,深巷里藏着的老式糖水铺,河面飘落的每一片雪……曾以为会很灰暗的人生,原来到处都是闪闪发亮的日子。

"新年快乐。"

"学校的事情别放心上,有我在,你该怎样就怎样。"

"学霸小朋友,这么好的天气,一起逃课怎么样?"

"都是暂时的,你不属于这里,早晚会去到你想去的地方。"

"楚言,世西新高一九班,你呢?"

"新高一一班。"

"还没说你叫什么呢,学霸的名字也要保密?"

"黎礼,黎明的黎,礼貌的礼。"

23.

"礼礼,到哪儿了?"徐南在电话里问。

"我刚挤上地铁,估计还得半小时,你们先吃。"车厢嘈杂,我一边抓紧扶杆,一边握紧手机。

"行行,你别着急,慢慢过来。"

放下电话,有个路人举着杯打开的饮料从旁经过,我连忙护住手上拎着的包装纸袋。

袋子里有一支价格不菲的钢笔,是我精挑细选要送给周谨的礼物,今天是他的生日。

聚会的餐厅是徐南推荐的,离政法大学不近,原本我是算好时间出发的,谁知班主任临时加开了一场班会,等到结束走出系馆,天都快黑了。

我打开手机相机,数不清第几次照了照妆面仪容,终点离得越来越近,心情也越来越紧张。

入学没多久,这还是我和周谨、徐南开学以来的第一次见面,恰好又碰上周大少爷出生的好日子,可惜留在家乡上大学的顾瑶只能缺席。

地铁到站,我抬头看一眼电子屏上的时间,比约定好的晚了整整一个小时。

徐南选的餐厅在他自己的大学边上,那一带确实热闹非凡,我从眼花缭乱的霓虹招牌里终于找到了他说的那家,匆匆上楼,找包厢号的时候,突然有人在身后叫出我的名字。

"黎礼?"

我循声回头:"楚言!"

楚言朝我走来,一个暑假没见,他又晒黑了些,估计是三天两头在室外打球的缘故,总之,薄薄的短袖已经遮不住他身上的肌肉线条了。

"你怎么在这儿?"我惊喜道。

"我学校就在附近啊,今天和室友们出来吃饭。"他笑道,"看来京市不大,这就又碰上了,你也和朋友聚会?"

"嗯,今天周谨生日。"

"嚯,这小子也在?"楚言眼睛一亮,看见我手里拎的袋子,"送他的生日礼物?"

"嗯。"我点点头。

他打量了我一圈,有些狐疑道:"恕我直言,你俩该不会……还没在一起吧?"

这话直接把我给问噎住了,我结结巴巴:"啊……这个……这……"

"我的天哪,青梅竹马就这么抹不开面吗?"他有些难以置信地看着我,下一秒,忽然从我手里接过袋子。

"干什么?"

"一起去见见呗。"楚言说得理所当然,"我和周谨也算打过交道的,他乡遇故知,祝他一句生日快乐不为过吧?"

"礼礼你可算来……哎,这位是?"徐南才转过身来,就愣住了。

根本不给我开口的机会,楚言一个箭步上前,将礼物塞进周谨手里:"兄弟,好久不见,生日快乐!"

周谨的脸色有些微妙，他奇怪地看了我一眼，然后得体地收下："谢谢，好久不见。"

"原来你们认识啊。"不明情况的徐南一脸恍然大悟，"来来，帅哥，你坐。"

楚言也真是不客气，抽过椅子就坐了下来，还顺手把我拉到了他旁边的位子上。

我对面就是周谨，此刻，他的脸色阴沉得能结冰。我不敢看他，抓过杯子咕咚咕咚灌水，余光扫过桌上的其他人，都是陌生的面孔。

"我介绍下，这位是黎礼，跟我和谨哥从小一起长大的，用这边的话来讲，叫'铁磁'！"徐南积极地介绍起来，"礼礼，这几位是谨哥的室友，这几位是他的高中同学。"

我和众人一一打过招呼，这些人除了是情侣一起来的以外，剩下的全是男生。

"哎，介绍一下你这位呗。"徐南朝我挤眉弄眼，显然是自作聪明地把我和楚言理解成了他想象的关系。

"呃，其实……"

"我叫楚言，和礼礼一个高中的。"楚言抢过话头，自顾自道，"不好意思，今天没打招呼就来了，不介意吧？"

"不介意呀，原来是老乡，两眼泪汪汪。"徐南明显已经喝得上了头，他凑近楚言，小声道，"老乡，你能不能喝？这几个北方哥们儿太厉害了，我实在干不过啊。"

"还行，能帮你分担点。"楚言拍拍他的肩。

"靠谱，帅哥，冲他们！"

"不着急。"楚言开了一瓶啤酒，站起身，朝周谨举了举，"要先敬今天的主角。"

"好啊。"周谨应声而起，也开了瓶酒，"招待不周，你随意。"

于是乎，在一桌人震惊的目光中，这两个男人干了一瓶接一瓶。

"帅哥，帅哥，你冲错人了。"徐南拉拉楚言的衣袖，"周谨是自己人啊！"

"没错啊。"楚言一本正经道，"寿星不就应该多喝些吗？"

"完了，完了……"徐南嘟嘟囔囔，朝那几个一头雾水的北方同学赔笑道，"见谅啊，我们那儿的人，果然是不怎么团结呢……"

又过了几轮，我忍不住扯住楚言，小声道："差不多得了啊……"

"嗯，我看是差不多了。"楚言悄悄说了句，然后一把拉着我站了起来，"各位，我和礼礼说点事情，失陪一下。"

在周谨冷到极点的目光中，我战战兢兢地推着楚言朝门外走。

"你没事吧？"到了外面，我连忙问。

"这点小意思好吗，你以为我只喝陈大爷的甜酒长大的？"楚言抱着胳膊，神色如常。

"你和周谨拼酒干吗？他没你能喝。"我有些生气。

楚言仔细瞧了瞧我，笑道："你真是偏心偏得过于明显啊，我这是在帮你们，懂不懂？"

"帮？"

"学霸同学，看来是触及你的知识盲区了。"楚言昂起头，在我肩上拍了两记，"有时候，外力助推一把是很有必要的。"

说完，他转身朝另一个方向走去，背朝着我挥挥手："出来助人为乐太久，我该回了，记得跟周谨说，再次祝他生日快乐。"

楚言就这样离开了，留下我在原地一脸蒙。

等我再次回包厢时，气氛变得有点怪怪的。

"礼礼，你的那位……那位朋友呢？"徐南是真喝得差不多了，眼睛发直，说话还打酒嗝。

"他有事先走了。"我讪笑着坐回去，一抬头就碰上周谨深邃的目光。

我紧张得只能喝水。

周谨从袋子里掏出礼盒，取出笔，握在手里打量了一番，道："笔不错，帮我跟他说声谢谢。"

我："呃……"

徐南是被周谨扶着走出餐厅的。

"谨哥，要不要我们帮你送他回去啊？"周谨的同学们问。

"没事，不早了，你们先回吧。"周谨架住徐南，眼神扫过我,"礼礼跟着我。"

我"哦"了一声,其他人便心照不宣地往边上退了退。

一对附中毕业的情侣离开前,女生朝我眨眨眼,小声道:"你就是谨哥在世西的发小吧?"

我点点头,有点惊讶:"你们知道啊?"

小情侣对视一笑,男生神秘兮兮道:"我是谨哥的同桌,他高中翘过两次晚自习,都是我帮他顶着的。"

末了,他还加了句:"就有一次没顶住,唉,不好意思啊。"

送徐南回了宿舍,只剩我和周谨,一前一后尴尬地走在路上。

"你离我这么远干吗?"周谨回过头,伸出一只手,"我也喝酒了好吗?"

我硬着头皮上去,象征性地扶住他的胳膊,周谨垂目看了看我那扶得极不走心的五根手指,又看了看我,我才发现他的眼神还真的有些迷离了。

"要不要去边上坐会儿,休息一下?"我问。

周谨眉眼动了下,接着似笑非笑道:"好啊。"

我们在徐南的学校广场边的长椅上坐下,夜间的校园还算热闹,广场上人来人往,不时有人朝这边张望过来,不用想也知道在看谁。

周谨却说:"他们怎么都在看你,因为你特别好看吗?"

我心想，这人果然是喝多了。

"那个……其实楚言是今天正巧在餐厅里遇上的，他在和室友聚餐，我没想到他会跟过来。"

"哦。"周谨简短地应了声，用他一贯懒散的调子，可不知是不是酒精的作用，总觉得今天这份清冷的声音里，还带了点不多见的傲娇。

"笔是我买的，我送的。"我继续试探道。

"知道。"

"你今天跟他拼酒干吗？"我大起胆子来，"你又不会喝。"

"你怎么知道我不会喝？"周谨歪过头，微微挑眉，"我不是在拼酒，是在答谢他。"

"你谢他什么？"

"谢谢他对你的关照，在我缺席的三年里。"

我错愕地看着他，嗓音颤了颤，说不上话来。周谨也看着我，眸光逐渐清亮，眼底映着我的身影。

"你们是不是又见过啊？"我忽然问。

周谨愣了愣，伸手在我头发上轻轻摸了下："小孩子别打听。"

我眯起眼："拜托，我俩同岁好吗，我是小孩你是什么？"

"不好意思，我比你大一个月。"他竖起一根手指，略带得意，"我是哥哥，小屁孩。"

"幼稚。"我白了他一眼，转过头，无意中看见了不远处的一栋教学楼上,高高挂起的八个红字。

"谨礼崇德,唯实唯真。"周谨一字一句地念了出来,"这校训,和我们爸妈当年的校训很像啊。"

"嗯。"我僵直着应了句,却不敢动弹,因为周谨说话间身体也朝前凑过来,他靠得有些近了,甚至能感受到他的鼻息就在我的耳畔。

"不过,我更喜欢这个。"他又说,嗓音低沉磁性,这么近地听进耳朵里,脑子都快麻了,"它把我们两个放在一起了。"

一瞬间,我的脑子彻底炸了。

"你你你……你真是喝多了啊。"我紧张得舌头打结,刚想往边上挪挪,却被周谨一把拦住。

他攥着我的手,直直盯住我的眼睛,目光锐利不可抵挡:"凭什么,以前说'一辈子都不可能嫁给我'这种话时,不是挺厉害的吗?"

"那是你先拒绝的好吗?"

"我怎么拒绝了?"

"你说的'不行,坚决不行'。"

"我不记得了。"

"你!"我瞪着他,心底忽然泛起一股酸涩的委屈,"就是你说的,你说反正不会和我结婚,都是你说的,凭什么不承认啊!"

"几岁小孩的话你也信?"他靠得更近了,眉眼间透露出危险而诱人的信号,"那我现在就是不承认,你想拿我怎样?"

我……我能拿他怎么样？

我呆若木鸡，再次傻住了。这人很明显在借酒装疯，可他为什么耍无赖也这样好看？怎么会有这种人？

晚风似有若无地掠过，几缕发丝挠着脸颊，酥酥痒痒。今夜的风里夹杂着几分燥热，许是白日未消的暑气，也或许是别的什么……

全身的血液刹那间变得滚烫，我感到连呼吸都开始有些困难，一时间，所有防线土崩瓦解，周谨的目光如风般过境，在我心底掀起一场燎原大火。

明明我才是没喝酒的那一个，却不知为何，有种莫名涌起的"醉意"取代了理智，身体被一股莽劲操控。

我脑袋空白，神思混沌，迷迷糊糊间，挣开了周谨的手，捧上了他的脸，周谨的睫毛好像颤了两下，又好像没颤……唉，不管了，他的脸可真好看啊，好看得能让人发疯……

难以言说的温软触感，不知延续了多久，我在一阵窒息的恍惚中终于清醒过来……

我，亲了周谨。

24.

"你打算一直躲着我吗？"身后，周谨的声音由远及近。

我面朝海风，大口深呼吸，背对着他喊道："你……你别过来啊。"

"怎么,再过来你就要跳海吗?"他这么说着,脚步到底还是停住了。

"一个月了,电话不接,微信不回,如果这次露营不是顾瑶邀约,你大概又想放我鸽子吧?我到底干了什么伤天害理的事情,把你吓成这样?"周谨站在离我几步远的地方,一脸明知故问。

他又提那件事,我整个头皮发麻。

"那……那都是误会。"我捋了两把头发,心慌得不行。

"误会?"周谨的声音有些无奈,"对我而言可不是误会。"

天哪大哥,放过我吧!我在心里疯狂呐喊。

那晚"犯下事"之后,我很没良心地一个人溜了。并且在接下来的一个月里,每每想起就尴尬到想哐哐撞墙。

虽然过去也曾设想过和周谨越线的可能,然而这一切仓促发生之后,我才发现自己根本没有勇气面对,脑海中只有一个想法:逃避。

怪就怪,那天的事情发生得太突然了,连个缓冲都没有,超出了我的心理承受能力……

"你跑也没用,现在大家都知道了。"

"你为什么要让大家知道啊?"

"因为我喜欢你啊。"

对话戛然而止,我愣在原地。

"礼礼,我们能聊聊吗?"周谨缓缓走近。

"聊什么……"

"聊聊,我喜欢你这件事情。"

我终于敢抬头看他,眼睛湿润,像是装了一整片海。

"我喜欢你。"他看着我,从未有过的认真。

"这四个字在我心里藏很久了,抱歉,说出口真的很难,好像还是做起来更容易些。"

我埋起头,很没出息地哭了。

一双手臂将我拥入怀中,我没有反抗,而是抱住那宽阔温暖的身体,那与我一同长大的意气少年,如今正在成长为真正的男人。

周谨身上,永远都有干净清新的味道,比雨后的空气、阳光晒过的被子还要令人感到安心。

我伏在他胸前继续哭着,直到那块衣襟都被泪水打湿了,其实我也不知道为什么要哭,我并不难过,相反还很高兴,可泪水偏偏止也止不住。

周谨抚着我的发丝,下巴轻轻抵在我的头顶:"礼礼,一路走到今天,辛苦了。"

我说不出话来,只能更用力地抱紧他。

这三年里,我和周谨的联系大多发生在深夜,有时是我刷题太晚,有时是他为了帮我整理笔记熬到后半夜。发送给对方的消息经常要等到第二天才会有回音,尤其是周谨准备竞赛的日子里,好几次,我不过隔了几分钟回复,那头已经没动静了,我就知道今天他很累了。

许多人只见过他念书、比赛时游刃有余的样子，只有我知道，有那么些个夜晚，这个看上去无所不能的少年，只是在桌上趴了一会儿就累得睡着了，他的手边，还放着亮起屏幕的手机，胳膊压住的几页草稿纸上，写了大段详细的答题过程，密密麻麻，清清楚楚。

即便老徐再敬业，世西的天花板依旧触手可及，我向高处攀爬的每一步，都有周谨的托举。

这一路太难了，没有他，我走不到这里。

周谨说得没错，从小互相打闹惯了的人，心动时总是很难开口，可彼此为对方付出过的每一分努力，都在偷偷表达"我喜欢你"这件事情。

感觉到我肩膀的起伏渐渐平息，周谨抚了抚我的后背："哭好了？"

我毫不客气地在他衣服上蹭干眼泪，从他怀里露出脑袋，点点头。

他替我理了理被泪水沾湿的碎发，笑得无比宠爱："有件事我还是想不通，虽然那晚我亲你亲得有点突然，可你也用不着躲一个月吧？搞得我吃不下睡不好的，都怀疑你是要拒绝我了。"

"什么你亲我？"我诧异地瞪大眼睛，"不是我亲的你吗？"

周谨茫然了一阵，微微蹙眉思索："不对，明明记得是我亲的你啊。"

我也蒙了,所以这件事到底是谁先主动……我一直以为是自己邪念上脑,暗暗羞耻了一个月啊!

"唉,算了,不重要。"我提议,反正两个人当时脑子都不清不楚,索性就翻篇吧。

"不能算了,这很重要。"周谨正色道,"既然结论难以统一,那就重来一次。"

海风徐徐吹着,湿润,温热。

海浪拍打沙滩,潮起,潮落。

不远处,篝火依旧在燃烧,有人点起了烟火。

绚烂的烟花在夜幕中绽开,如无数流星般坠入大海。

天空中飘浮着两朵云,不时被四溢的烟火照亮,看久一点,会觉得那形状像极了两尾鱼。

"哇,你们看,那两朵云好特别啊。"徐南指着夜空,仰头眺望。

"对哦,好像鱼啊,不知道是什么鱼游过呢。"

"是锦鲤,一定是锦鲤!"顾瑶激动地大叫,"大家快点许愿!"

那两朵云自由自在地飘着,仿佛在进行某场无声而盛大的巡礼,不过是无意间掠过喧闹的人间。

不会有人知道它们是何时出现的,也没有人能说出它们是如何诞生的,或许,真就是两三年前的一个冬日,在南方某座城市的郊外，一座名不见经传的乡间寺庙里，少年和少女在锦鲤池前各自虔诚许下相同心愿的那一刻起，千尺高空之上的水汽正巧凝结、汇聚，形成了神似锦鲤的模样，从此游弋于无边长空。

顾瑶睁开眼睛，朝沙滩另一头张望几番："我哥和礼礼在聊什么呢，再不回来，'锦鲤'就要游走了。"

"别操心，他俩就是'谨礼'，自己拜自己就可以了。"徐南放下合十的手，轻松道。

"哎，你许了什么愿？"顾瑶问。

徐南做了个嘘声的动作："秘密，不过你可以猜猜，和你许的内容是不是一样。"

顾瑶不屑地"喊"了一句，转过身后，却笑得比烟火还灿烂。

无边的海面上，那两朵神迹般的锦鲤云继续飘动，乘着风，一直游向远方。

番外一

Haibian de Jinli

1.

周谨一抬头,又看见前几排座位上,黎礼的马尾辫一晃一晃,脑袋耷拉得几乎快磕到课桌了。

已经数不清是今天第几次,不知道这家伙昨晚到底在干吗,难道做贼去了?

讲台上,数学老师正噼里啪啦地写着板书,教室里全是沙沙的落笔声。周谨记了会儿笔记,目光再次落到了黎礼身上——她这会儿算是清醒了点,一边支着脑袋一边抄写黑板上的重点。可身形依旧摇摇晃晃的,让人无端想起在桌子边缘打转的玻璃杯。

他可真怕她下一秒就哐啷"碎"在地上……

大课间,几个男生照例约着去打球。徐南从隔壁教室过来,半靠在窗边,下巴一抬:"哟,怎么才上午就睡这么香了?"

周谨离开座位,视线随着徐南的话移到前排。黎礼趴在桌上睡得很沉,后背随呼吸有规律地轻轻起伏。

她真的很困。

徐南从窗边递给他一瓶饮料:"老元买的,他和猴子先去球场占地盘了,初一几个新生最近抢位置抢得厉害。我去上个厕所,你等我会儿。"

于是他靠在门边等,手里无聊地把玩着那瓶饮料。

几个外班女生路过教室时频频朝他张望,手拉手凑在一块儿,窸窸窣窣地偷笑着。

他感到不自在,背身避开那些上下打量的目光,可一转头,黎礼又一次出现在了视野中央。

那条上课时晃呀晃的马尾辫此刻柔顺地垂在桌上,女生侧头枕着胳膊,依旧酣睡。

不知为什么,周谨忽然想好好地看一看她。

今天风和日丽,是个打球的好天气。白晃晃的阳光照进教室,有一束爬上了她的课桌。

窗外不时有人经过,明暗的光影便在她脸上来回交替,她的眉头一会儿微蹙一会儿舒展,看上去有些可爱。

可爱？周谨对这个莫名冒出来的想法打了个问号。

徐南从厕所出来，隔着走廊招呼他下楼。

刚出教室几步，他却又折了回去，先是假装在桌肚里找什么东西，又装作若无其事地路过那个座位，最后十分刻意地将那瓶饮料轻轻放在了她课桌的右上角。

饮料瓶挡住了部分阳光，在女生脸上投下一片小小的阴影。

她那因光线干扰而微微皱起的眉头，总算舒展开了。

打球时，徐南也说起这件事。

"听顾瑶说，黎礼现在除了周末要去补习机构上晚课，每天都熬夜刷题。啧啧，这不才初三上学期嘛，她怎么搞得像下周就中考了似的？"

周谨接过徐南的球，绕开对面的防守，传给了另一个队友。

"怪不得一副睡不醒的样子。"

他眼睛追着篮球，脑子里却全都是黎礼上课时摇摇晃晃的模样。

队友破防失败，球权回到对手那边。徐南飞奔过去补救，嘴上依旧絮絮叨叨个没完："要我说，费那工夫干吗，直接找你周大神补课说不定更有奇效。"

"为什么？"

"脸帅啊。"徐南一边和对面周旋，一边嬉皮笑脸，"老师的颜值水平对学生的成绩有很大影响，你看楼下的五班，自从换了个大帅哥当数学老师，月考平均分一次比一次高。"

"我没那精力。"

"啧，真冷漠，礼礼又不是别人，她可是差一点和你结娃娃亲的——哎！谨哥防他！"

徐南扯犊子时露出了破绽，对方抓住机会背身晃过他，一个起跳出手。

篮球沿着抛物线飞向球筐，即将入网的瞬间，有个身影高高跃起，一把将其拍飞。

球弹落到一边，出手的男生表情有些失落。

徐南吹起口哨："猴子，现在打得越来越好了啊！今天如果谨哥不在场上，还真没别人能拦住你刚才那一下。"

被叫作"猴子"的男生全名侯子越，被人这么夸了句，不好意思地红了脸。

周谨走到侯子越身边，拍了拍他的肩膀："确实打得漂亮。"

于是乎，他收获了侯子越惊喜又崇拜的眼神。

下一场，攻守交换，被偶像夸奖了的侯子越斗志昂扬。

抢断，过人，突围，侯子越愈战愈勇，可惜最后上篮那一秒，还是被周谨无情地盖了帽。

结束时，男生们坐在树荫底下休息。

"啧——"徐南倒吸一口凉气，凑近周谨耳边道，"大哥，你比猴子高了半个头，盖他侮辱性也太强了吧。"

周谨看向别处："我下次注意。"

"你对他客气点，人家可是你的忠实小迷弟。"徐南嘴贫，拧开饮料瓶喝了口，才发现周谨两手空空。

"哎,之前给你的水呢?"

周谨用手背擦了把额头上的细汗:"喝完了。"

2.

周谨没有故意针对侯子越的意思,或者说,他就是故意的,只不过自己没发现。

侯子越和徐南一个班,性格较内向,成绩中等偏上,总是一副和和气气的样子,没什么棱角,放人群里属于是个"半透明"。

倘若不是亲眼所见,周谨实在想象不到,这个平时连话都不敢多说几句的男生,居然会偷偷给黎礼写信。

还一连写了两封。

侯子越第一次送信时,正巧两个班都在上体育课。有人打球崴了脚,周谨书包里常备跌打损伤药,于是他回教室取药,意外撞见侯子越往黎礼的桌肚里塞了什么。

信这玩意儿,周谨没写过,但收过。他看着侯子越慌张离去的背影,几乎一眼就看透他的心思。

情窦初开的年纪,这种事其实挺正常的。周谨不想管,也压根懒得去管,可不知道为什么,身体完全不听大脑的指令。

从黎礼桌肚里抽出那封信时,周谨说不清是怎样的心情,只记得信封是淡粉色的,上面一笔一画地写着"黎礼亲启"。

老土。他心想。

字也没我的好看。他心里又想。

然后，这封信被他原封不动地塞了回去。

第二次，是初三刚开学那阵。一次，侯子越跟在黎礼身后，口袋里的粉色信封露出一个小角。他的手抽进又拿出，犹豫了好一阵，最终将那角信纸塞了回去。而后，他鼓起勇气叫住前面的女生们，去小卖部请她们一人吃了一支冷饮。

黎礼道谢时，侯子越害羞地别过脸，几乎落荒而逃。

怪就怪在，侯子越每次出手，都被周谨清清楚楚地看在眼里。

那天发生这一幕时，周谨正在操场边和其他同学聊天，视线越过旁人落在不远处——女生和朋友们吃着冷饮，边说边笑。

"谨哥，你说呢？"身边的人问道。

"啊，什么？"周谨收回目光。

"让侯子越这个替补队员转正的事啊。"老元又重复了一遍，"校队小前锋的位子空缺，猴子平时训练最刻苦，也该轮到他上场了。而且按照惯例下学期会有市联赛，咱得提前准备起来。"

"你是队长，你定就行。"

"嘿！"老元咧嘴朝他的肩膀捶了一记，"你才是我们三中校队的灵魂人物！"

侯子越转正后的第一场训练，比所有人到得都早。

周谨来时，他已经独自练习一阵子投篮了。

"谨哥。"侯子越看到他，兴奋地叫了句。

"来这么早？"周谨回应。

157

"我想多练练,别拖了大家后腿。"侯子越憨厚地挠挠头,"终于能和你们并肩站在一起了。"

笨鸟先飞的人总有这种特质,努力时的样子特别真诚。

训练结束,队员们三三两两地散场。

侯子越拉着周谨,问自己还有哪些需要加强的地方。周谨提了几点,他居然掏出笔记本认真记了起来。

"倒也……不必这样吧?"周谨有点震惊。

"谨哥,我和你们不一样,我资质不行。"侯子越坦诚地说,"但我相信,任何事情都会天道酬勤。"

天道酬勤?周谨在心里重复了一遍,脱口道:"包括追喜欢的女孩?"

"啊?"侯子越手一抖,笔啪嗒掉在地上。

他红着脸去捡,起身时看见球馆门口多了个人影。

"你怎么来了?"

周谨在整理背包,闻言抬头一看,秦涵正从门外款款地走来。

"训练辛苦了哦!"秦涵的嘴边挂着甜笑,手里握着一罐可乐。

"抱歉,不知道你也在,下次再请你喝水。"她对侯子越淡淡一笑,将可乐递到周谨面前。

侯子越摆摆手刚要说"不麻烦",那罐可乐就被周谨塞进了他的手里。

"你喝吧。"周谨将背包挎在肩上,抬腿就往外走,"你脸都白了,可能有点低血糖。"

侯子越惊讶地摸摸脸,赶紧拉开易拉环,深信不疑地灌了几口。

秦涵不动声色地瞪了他一眼,转身就去追周谨的脚步。

周谨想不明白,秦涵哪儿来那么多的问题。

"谨哥,这道函数题能不能给我讲讲?"她将试卷推过来,身体若有若无地靠近。

周谨扫了眼题干,非常无语:"你认真看了吗,这道题?"

秦涵睁着大眼,可怜兮兮地点头。

"有没有一种可能。"周谨压住不耐烦的情绪,尽量说得委婉,"除了几个数值有变,这道题和你昨天问的那道,其实一模一样。"

"替换数字,把步骤按昨天的抄一遍,总会吧?"

和秦涵认识久了之后,周谨经常反思,从前给黎礼、顾瑶、徐南讲题时,态度实在差了些,至少他们几个从来不会不懂装懂,反复浪费他的时间。

人与人的第一印象有时非常不靠谱,比如初见秦涵那次,他着实对她颇有好感。毕竟一直以来,他的生活圈很固定,身边都是从小一起长大的人,冷不丁闯入一张极美的新面孔,很难不叫人眼前一亮。

但后来表妹顾瑶问他:"秦涵这么漂亮,你有没有喜欢过她?"

159

周谨回答得很干脆,没有。

哪怕是初见时的惊艳,他所怀更多的也是对美的欣赏。可很快他发现这种空虚的美感维持不了多久,就像插在玻璃瓶里的玫瑰,只有短暂的灿烂。

虽然他并不知道,这份毫无杂念的欣赏落在当时的黎礼眼中,被放大到了何种地步。

晚上写完作业,周谨搁下笔,百无聊赖地靠在椅子上发呆,忽地心念一动。

他拿起手机,给黎礼发了条消息:"数学最后一道大题,你会做吗?"

五分钟后,黎礼回:"你不会?"

周谨对着屏幕"喊"了一声。

他当然会,他想知道的是她会不会。

"要是不会,我可以教你。"

今天数学试卷的最后一大题目还是挺有难度的,周谨猜她应该需要帮助。

可惜,天不遂人愿。

黎礼直接将她写好的解题步骤拍了过来。

"这样解,对吧?"

周谨一行行看下来,叹了口气。

"对。"

"为什么突然问我这个?"

因为……周谨想了想,决定把锅甩出去。

"因为徐南不会,刚才来问过我。"

黎礼回了个冷漠的笑脸。

"最近变聪明了?"周谨还是不肯放弃,"没有其他要问我的?"

"没有……谢谢。有时间你还是多给秦涵补补课吧。"

对话结束。

周谨放下手机,胸中憋闷着一口气。

什么叫多给秦涵补补课,他闲得发慌是不是?

要不是因为秦涵是林秋阿姨的朋友的女儿,他早就不想再解答那些教过八百遍的白痴问题了。

行,看到你现在成绩这么好,我可太欣慰了!

他往椅背重重一靠,内心的失落却无法通过这种方式排遣出去。

不知道从什么时候起,这个以前总在跟前跑来跑去的小青梅,很久没有缠着他问东问西了。小时候总嫌她烦,可现在,居然还有点想念那样的日子……

周谨被这个念头吓了一跳。

一定是因为最近上课、训练连轴转,累得神志不清了,不然他简直疯了。

抄起喝空的水杯,他起身往房间外走。刚到客厅,就看见老妈站在窗边,朝外面不知张望什么。

"哟,又走了。"老妈自言自语道,"真行,弄得跟自己亲生女儿似的……"

"妈，你在说谁？"周谨好奇，"谁的亲生女儿？"

"啊？没什么，你听错了。"老妈拉好窗帘，敷衍道。

周谨也没追问，径直去餐厅接水。

"小谨啊。"老妈忽然叫了他一声，"礼礼这段时间，在学校还好吗？"

"为什么这样问？"

老妈迟疑了一下子，只是笑笑："听说她最近经常补课，挺累的。你俩一个班，要多关心她知道吗？"

周谨心说我关心了，可她不需要。但嘴上还是含糊地应了一声。

敷衍归敷衍，老妈的话还是被他放在了心上。

黎礼在学校的表现看上去没什么异常，无论是和自己班的人在一起，还是和顾瑶、徐南他们在一起，都和往常没有两样。他觉得是老妈想多了，要非说黎礼有什么变化，那就是更刻苦了，成绩更好了。

还有……似乎变得更好看了。

过去那个瘦瘦小小的丫头，如今像绽放的花苞般一天天蜕变，迎风恣意生长。

而那时的周谨还以为自己是因为老妈的嘱咐才对黎礼特别关注，并没有意识到早在这之前，他的目光就已经无法从她身上再移开分毫。

3.

青春期女孩的美丽是藏不住的，连篮球校队训练的时候，都有人开始议论起来。

"突然发现，你们班的黎礼其实挺漂亮的。"场边休息时，老元没头没脑地来了句。

"皮肤白，那双眼睛特别好看，有灵气。"其他人附议道。

侯子越在一旁不说话，只是低下头笑着。

"喂，你们这样谈论礼礼好吗？"徐南在边上挤眉弄眼，"谨哥在呢。"

众人嘻嘻哈哈笑了起来。相处这么久，谁不知道这对青梅竹马的童年"纠葛"。

"没事，这俩人一个不娶一个不嫁的。"老元快人快语，又对徐南道，"要不叫她放学后来看我们训练吧？"

"你想干吗？"徐南眯起眼。

"啧，这么警惕干吗。"老元挠着头，"初中最后一年了，想巩固下同学友谊不行吗？"

"不行。"

"不行！"

所有人诧异地看向同一侧。

侯子越满脸通红，紧张到结巴："我……我的意思是……有别人在边上，可……可能会影响我们。"

"影响什么。"老元道，"你们班的秦涵有事没事就过来，也没见你受多大影响。"

他又问周谨:"你反对啥?"

"她没空。"周谨随便扯了个理由。

说罢,他和侯子越的眼神便撞到了一起。两个各怀心思的人同时别过脸。

"这倒确实。"徐南接茬,"黎礼同学最近潜心学习,估计分不出精力来,咱还是别影响人家了。"

"这么上进的吗。"老元只好妥协,"那算了,算了。"

那天训练结束得晚,教练请男生们吃过晚饭后,才各自归家。

周谨一进门,就看见父母和黎礼的爸爸坐在客厅里聊天,三个人的神情都有些凝重。

"黎叔叔。"他叫了句。

"小谨回来啦。"黎爸回头看向他,脸上的笑意勉强。

"儿子,黎礼在你房间里写作业呢,你进去叫她出来吧。"老妈说。

黎礼怎么跑他房间里去了?

周谨推开卧室门,书桌前的确伏了一个人,只不过并没有在写作业,而是在睡觉。

什么嘛。

周谨撇嘴偷笑,轻手轻脚地走过去,打算恶作剧吓吓她。凑近却发现,她居然在哭。

一滴泪从黎礼闭上的眼睛里滑落至脸庞,究竟是做了什么伤心的梦?

周谨的心突然被狠狠揪了一把。

他抽起一张纸巾,小心擦掉那滴泪水,虽然动作很轻,但黎礼还是被弄醒了。

她睡眼惺忪地望着他。

周谨手里还捏着纸巾,一瞬间没来由地心虚起来,仿佛自己干了件多见不得人的事。

"你的口水差点流到我桌上。"他胡扯道。

黎礼不辨真假,慌乱地擦擦嘴角,猛然起身。

周谨躲闪不及,被她撞到了下巴。

"对……对不起!"

黎礼捂着脑袋道歉,门外这时响起了老妈的催促。

"礼礼,收拾好了吗?你爸在等你。"

"我爸在外面?"黎礼问他。

周谨奇怪,难道她和她爸不是一起来的?

"对啊,我一回来就看到你爸在客厅了,我爸妈好像在和他聊什么。"他捂着下巴道,"我妈说你在房间里写作业,叫我进来喊你,谁知道在睡觉呢。"

黎礼不作声了,低头收拾书包,样子看上去不太对劲。

"喂,你怎么了?"周谨单手撑在桌上,眯眼细看她,"睡傻掉了?"

"撞傻了行了吧!让开!"

再次回到客厅时,周谨百分百肯定,今晚黎家绝对有事。黎叔叔面对女儿时,神色悻悻,跟做错了事一样。

而黎礼就像没看见她爸似的,背上书包就朝门外走。

"周谨,你送送。"爸妈唤了句。

从周家客厅到花园门口,十米不到的路,这父女俩愣是一前一后拉开了好远的距离。

"小谨,别送了,回去吧。"黎爸进楼道前,对周谨招呼。

周谨应了一声,靠在门边并不动。黎礼拖拖拉拉地走在后面,明显和她爸憋着一股劲。

直到她垂头丧气地经过身边时,周谨才伸出手抚上她的头,在刚才被他下巴磕到的地方揉了揉。

黎礼怔怔地抬头望着他,眼眸里藏着一泓清泉,让人想起那滴偷偷落下的泪珠。

别怕,至少我会在。他在心里对她说。

4.

周谨没有急着进屋,刚才出来送人时,他故意给大门留了条缝。

靠在门边,屋内的对话听得一清二楚。

"你看黎建阳刚才心虚的样子!不行,我得告诉林秋,不能看她被蒙在鼓里!"

"你冷静一点,现在还不是时候……林秋出差一时半会儿回不来,说了只会让她干着急。况且孩子初三了,父母万一闹起来,难免……一切等中考结束再打算。"

"那我要跟黎建阳说明白,他得保证今后再也不和那个姓李的女人来往,否则别怪我翻脸!唉,林秋怎么往家里招了这么一对白眼狼母女。"

"别说了,当心等下儿子进来听见。"

屋内恢复了安静,父母各自做事去了。周谨靠着墙,消化起刚才听到的内容。

那对母女,当然指的就是秦涵和她妈妈李婉。林秋阿姨念及过往的情谊,一直尽心帮助秦涵和李婉。

他抬眼望着三楼黎礼家刚刚亮起的灯,忽然狠狠心疼起来。

好在,那天之后,秦涵母女真的没再在院里出现过。

时间过得飞快,准备了大半年的全市中学生篮球联赛,终于要开始了。

三中校队向来是强队,顺顺利利杀进总决赛,按照以往的成绩来看,今年的冠军也是十拿九稳。

不过听说决赛的对手十六中那里,今年有个"撒手锏"。

"十六中的得分后卫,6号球衣,实力很强。速度、耐力、对抗各方面素质都相当优秀,三分球命中率也高,是个棘手的麻烦。"教练在分析形势时,着重强调了这个人。

"和我们的得分后卫比呢?"徐南指了指周谨。

"要上场比了才知道。"教练转身在白板上写下部署,"老规矩，人盯人，周谨看住6号是关键。另外，对面的小前锋能力一般，侯子越可以协防周谨。"

为了迎战十六中，校队进行了周密的战略部署。可决赛当天，他们刚进更衣室，就听说对方的6号脚受伤了。

三中队员们原本绷紧的神经一下子就松了。最具威胁性的6号不上场了，那么拿冠军岂不就是探囊取物？

事实也的确如此，替补上场的得分后卫压根不是周谨的对手，失去了最大障碍，他在球场上如入无人之境。

随着三中进球不断，两队的比分差距越拉越大，已经到了毫无悬念的地步。场上，十六中的队员已经彻底泄了气，几乎只是走走过场，把他们的教练气得在场边摔板子。

周谨跑位时，特地往十六中的席位看了一眼，只见一排神情沮丧的板凳球员末尾，坐着一个身材格外健壮的男生，穿鲜红色的6号球衣，戴一顶黑色鸭舌帽，看不清脸。

望着那身发达的腱子肉，周谨忍不住"啧"了一声，这要是被撞一下可了不得。

最后的结果自然是赢了，主办方为获胜队伍的每位队员送上奖牌和鲜花，最后一个环节，是冠军球队举着奖杯来一张大合影。

众人将周谨推至中间，作为本场的得分王，理应由他来承担举奖杯的角色。

周谨被人簇拥着，无意间转过头，发现侯子越在后面竟偷偷抹了把眼泪。

那是激动难抑的泪水，猴子一直觉得自己是校队的短板，为了夺冠这一天，他付出了太多努力。

摄影师调试好相机，对着这帮热血少年们高喊：

"三二一！"

闪光灯瞬时亮起。

徐南单手高举比了个第一的手势，老元开心得五官乱飞，教练老套地竖起大拇指……

人群正中央，侯子越将奖杯奋力高举，周谨搭住他的肩膀，笑容灿烂而耀眼。

咔嚓。

快门清脆，照片永远定格住了这个瞬间。

5.

联赛之后，毕业班彻底进入了关键的复习阶段。

中考前一个月，周谨顺理成章地拿到了全市最好的高中——A大附属中学的保送名额。

三轮模考之后，黎礼的成绩也稳稳提升到了附中录取线之上。

最后一次模考放榜时，周谨和黎礼一同站在榜单前。

"看，厉害吧？"黎礼指着她靠前的名次，满怀期待地问他。

周谨勾起嘴角："报附中？"

"当然报附中。"

他摸了摸她的头："等你。"

临近中考，忙于事业的林秋阿姨专程请了假回来陪考，黎家也算恢复了往日的平静。

因为不需要参加考试，连日里周谨都窝在房间里没日没夜地打游戏，直到中考前一晚，终于支撑不住，早早上床睡了。

迷迷糊糊间，楼上隐约有吵闹声……

中考结束不久，一个消息在大院里爆炸般地传开——黎礼的父母离婚了。

一连数天，黎礼没出过家门一步，手机关机，任谁也联系不上她。

院里十几年的街坊邻居们，提起黎家就忍不住唏嘘，说女主人引狼入室，骂男主人猪狗不如。

周谨只能从父母那里探听到楼上的消息。

"林秋铁了心要搬走，黎建阳把房子折算成钱给她。"

"黎礼跟林秋过，这几天母女俩在收拾东西呢。"

"可怜了孩子，唉，你说好好的，怎么会变成这样？"

中考出分的那一天，周谨简直比等自己的成绩还紧张。

黎礼要搬走了，除非她考上附中，否则，接下来几年他们要见上一面怕是不太容易。

直到面临这般局面，周谨才终于意识到，自己有多么害怕与她分开。

下午三点，查分通道开启，班级群里陆陆续续有同学晒出了自己的成绩。

三点,三点一刻,三点半,四点,四点半……黎礼迟迟没有在群里发言。

不好的预感渐渐笼罩心头,周谨的心一点一点地沉了下去。

微信消息连传几个,发来消息的却是老元。

"谨哥,晚上有空吗?我马上出国了,哥儿几个最后聚一聚。"

周谨虽然毫无心情,但看到"最后"两个字,还是应了下来。

聚餐地点定在了三中边上的烧烤摊,老元请了自己班和校队的几个好友,侯子越也来了,徐南因为别的事情来不了。

"尽管吃,尽管喝,今天不撑到吐谁也不许回家!"老元热情地招呼着,顺手叫来老板要一箱饮料。

一桌少年,学着大人的模样碰杯。

"三年好快啊。"老元带头感慨,"还记得初一刚入学时你们的呆样儿,连声都还没变呢。"

"可不嘛,你那会儿空长一大高个,结果凑近一瞧,连根胡子都没有!"

"滚,有你这么说'大哥'的吗?"

男生们互相笑,互相骂,吵闹得整条街都是他们的声音。

"什么时候走?"周谨问。

"后天的飞机。"

"我们去送你啊!"侯子越提议。

"别,别别。"老元连连摆手,"晚上的航班,机场太远,兄弟们别送了，心意领了。"

"是不是担心到时候哭鼻子，怕被我们看到啊？"有人打趣了句。

"滚蛋！"老元才骂了一句，眼泪就唰地下来了。

"被我说中了吧，真的没出息！"那人龇牙咧嘴地调侃完他，转过头却狠狠抹了把脸。

离愁别绪，终究还是浮上了每个人的心头。

"行了，都哭什么，又不是这辈子再也不见了。"老元囫囵地擦了擦泪，朝众人挤了个笑脸，"以后回国了，还能叫得齐你们吧？"

"当然！谁不来是狗！"侯子越说话比平时放开了许多。

气氛再次活跃了起来。

说笑玩闹，也终有散场时。

"保重。"周谨拥抱了下老元，后者笑嘻嘻地拍了拍他的背。

"早回吧，下次见。"

周谨和侯子越顺路，两人并肩往回走。

"谨哥，谢谢你。"侯子越突然说。

"谢我？"

"嗯。"侯子越用力点点头，"谢谢你，我人生中，第一次站在那么中心的位置。"

周谨愣了愣，才反应过来他说的是决赛那件事。

"谢谢你。"他又重复了一次,"那种感觉真好。"

"对了谨哥,你喜欢黎礼吗?"

"你喜欢黎礼,没错吧。"侯子越看着怔住的周谨,咧嘴笑得很开心,"我也喜欢她,谨哥。我真的好喜欢她啊!"

学校旁边的街,总是白天热闹晚上冷清,几盏路灯投下昏黄的光圈,淡淡地映照在校门口"第三实验初级中学"几个金属大字上。

夜晚的校园空空荡荡,铁门像往日上学时一样紧闭着,不同的是,这一次他们被拦在了门外。

少年忽然跳上路边的花坛,双手做喇叭状,朝着校门的方向连声喊。

"黎礼,我是侯子越,我喜欢你!真的好喜欢!但是,再见啦!"

侯子越喊得声嘶力竭,喊到脑子缺氧,脚下没注意就是一个趔趄。幸好周谨眼疾手快,在一辆车飞速驶过之前把他拽了回来。

那傻子还在"嘿嘿嘿"地笑:"谨哥,黎礼的第一志愿是附中,对吧?你们又可以继续当同学了。"

"真羡慕你,你这么好,一定能照顾好她。不像我……我只是个凡人罢了,连声喜欢都不敢当面对她讲。"猴子说着,走着,头也不回地朝身后挥了挥手。

路灯将他的影子拉得很长,他走路的样子潇洒坦然,像个独自远去的英雄。

周谨目送他走远。

173

可是猴子，在她面前我和你一样，也只是个懦弱的凡人哪。

6.

"小谨，有事吗？"黎礼妈开了门，见到他有些惊讶。

"林秋阿姨，礼礼人呢？"

黎妈眼皮一垂："她出去了，还没回来。"

周谨犹豫片刻，还是问道："她考得怎么样？"

"不太好……小谨。"

7.

周谨的房间没有开灯。

他静静地坐在书桌前，望着窗外出神。

无数声音在耳畔响起。

"来看我打球吗，黎礼？"

"抱歉，没空。"

"忙什么呢？"

"学习。"

"报附中？"

"当然报附中。"

"等你,高中见。"

"她考得不太好,小谨,可能连第二志愿都危险了。"
"也怪我,那晚没有控制好情绪,影响了她第二天考试。"
"真希望她能和你一起上附中,可惜,好像没机会了。"

"老周!老周!你快来听听,是不是林秋的声音?"
客厅里,妈妈忽然大叫起来。
"还真是,李婉怎么闹上门来了?!"
"不要脸,专捡男人不在家的时候来撒泼!"
等周谨推开房门,爸妈已经不见了踪影,屋子大门径直敞开,两个女人尖锐的争执声从外头飘进来。
突然,他听见老妈的声音在屋外高喊:"礼礼,你别动!在原地待着。"

大院里,此刻出奇热闹。
楼上,四个人的声音吵作一团。各栋楼间,数不清的窗户旁探出脑袋,七嘴八舌地围观起这场近在眼前的热闹。
停在修罗场之外,却依旧深陷旋涡之中的,是他一连数天没有见到的黎礼。
她蜷缩在一棵大树的阴影里,好事者的目光捉不到她,言语却还在伤害她。
"啧啧,那家男人果然出轨了,我就说呢,对别的女人殷勤得跟什么似的。"

"听说老婆和小三以前还是好朋友。"

"哎哟,真是好朋友,抢完人老公,还想顺带把人屋顶也掀了。"

"小三的女儿,好像和原配的女儿也是同学……"

被困在流言之中的黎礼浑身颤抖,她拼命地捂紧耳朵,那些歇斯底里的尖叫和冷眼旁观的风凉话已令她临近崩溃。

下一秒,毫无预兆地,世界突然安静了下来。

周谨在她面前蹲下,将一副耳机戴在了她的头上。

在手机上轻触播放,他用一段音乐,为她争取了片刻的安宁。

黎礼怔怔地望着他,一双眼睛眸光闪烁,他在星点之中,看见了自己的身影。

身后,喧嚣仍在继续,他听见妈妈的愤怒、爸爸的斥责、李婉的咒骂……还有许许多多杂乱的人声,混合在一起如同蜂群肆虐。

无所谓,即使此刻山崩海啸,他也必须为她挡下所有风雨。

"谨哥……"黎礼的声音酸涩颤抖。

"我考砸了……对不起。"

他心疼得快不能呼吸。

"没关系。"他轻声说,"都没关系,你还有我。"

番外二

Haibian de Jinli

1.

黎礼搬走后,这个夏天变得无比漫长。

好在附中保送班是提前开学的,周谨有大把的试卷和习题来打发难熬的时间。

母女俩走后的第二周,一辆搬家卡车停在了楼下,李婉带着秦涵如愿搬进了三楼的那个家。

"凭什么!凭什么那两个人大摇大摆地鸠占鹊巢,黎礼和林秋阿姨却要搬到又老又破的旧城区,哪有这种道理!"

顾瑶坐在周家客厅的沙发上,哭得撕心裂肺,茶几上扔了一堆用过的纸团。

"哦哟,好了,好了。"周妈拍着她的后背不停安慰。

"姑姑,你不是总说'人生在世,善恶有报'吗?"顾瑶抽抽搭搭地问,"他们会遭报应吗?"

"当然。"周妈抽过一张纸,替她擦泪,"好了,为这种人哭不值当。"

又劝了几句,周妈急着去厨房看火候,招招手让一旁的周谨过来补位。

周谨坐到顾瑶身边,将纸巾包直接塞进她手里:"省着点,不够你哭几张了。"

顾瑶的哭声止了几秒,随后反应过来,把纸巾包用力丢到她哥身上:"都怪你!你为什么要给那个秦涵讲题,礼礼都被她挤走了!

"都怪你,都怪你!"

顾瑶将火力转向周谨,又开始了新一轮的号啕。

周谨不作声,一脸淡然地等到她哭累了,终于能停下来听人说话时,才开口:"哭完了吗?哭完的话,等下找我妈要一下礼礼新家的地址。"

"嗯?"顾瑶哭得太猛,思路一下子没跟上。

"明天去看看她。"周谨起身,迈着长腿往房间里走。

顾瑶还想开口,手机响起一声提示音,点开消息一看,周谨居然给她发了个微信红包。

"打车去。"周谨放下手机,在关上房门前交代了句。

2.

夏日炎炎。

小阶梯教室的空调制冷力度不足,同时挤了八十名学生后,室内气温比室外低不了几度。

今天是附中新高一保送班的入学动员会。按照学校传统,每一届保送班新生在暑假期间就要提前开学,而动员会之前,这些从全市各重点初中直升上来的佼佼者,已经进行过了一轮分班考试——前四十名进A班,后四十名进B班。

周谨坐在最后一排靠窗的位置,炽热的阳光毫不留情地从外边照进来,烘得他额头起了一层细密的汗珠。

教室最前方,皱纹很深的校长和中年谢顶的年级主任,正在轮流慷慨陈词。

老化的空调运行时发出难以忽略的嗡嗡声,像一位不堪重负的老人在大喘粗气。周谨抹了把额前的汗珠,手上潮湿一片。

隔壁桌推过来一包纸巾,周谨随口道了声谢,刚拆开包装,就听见一个女生咯咯地笑:"喂,你说谢谢的时候,眼睛都不看着人吗?"

"抱歉。"他这才回过头。

女生留着齐耳短发,眼睛很大,看上去一副伶牙俐齿的模样。

她上下打量了他一番,笑着问:"你叫周谨,对吧?分班考试的时候,我坐你旁边一排,有印象吗?"

周谨耸耸肩,他并没有四处张望认人的习惯。

女生撇撇嘴,但也没有不高兴,她从包里取出一支笔,在纸巾上写下三个字:余优悠。

"A班周谨你好,我是B班余优悠,未来三年请多指教。"

3.

全市第一的附中果然名不虚传,入学才一天,这帮优等生已经感受到了前所未有的压力。

周谨回到家时,是晚上九点半。一推开门,他就看见顾瑶躺在客厅沙发上舒舒服服地玩着手机。

"哥,你可算回来了!"听见动静,她一股脑爬起来,兴奋道,"我今天去看过礼礼啦。"

"嗯。"周谨不动声色地站在门口换鞋,等她说下去。

可顾瑶就跟故意似的,说完就闭起了嘴。

兄妹俩"对峙"了一会儿,周谨冷冷道:"把打车钱还我。"

"哼,小气。"顾瑶昂着脑袋,总算一五一十地交代起来。

"她家附近那条街,很旧很破,连家像样的奶茶店都没有,你说这日子怎么过嘛？"

"不喝奶茶地过呗。"周谨揉了揉酸胀的颈椎，示意她继续。

"不过她住的地方离学校挺近的，唉，提到这个学校就来气！"顾瑶说着，狠狠往楼上瞪了一眼。

"还有吗？"

"嗯……没了。"

"早点回家休息吧，晚安。"

关上房门，周谨疲惫地躺倒在床上。

预开学的第一天，他就刷了六张卷子。学校已经给所有人提前打了"预防针"，以后周测、大小月考都是家常便饭，每半学期按考试成绩重新分班。

"在附中，最好的资源永远留给最好的学生。"

饶是这一帮学习从不发怵的优等生，也纷纷为自己往后三年的高中生活感到窒息。

房门被轻轻敲响，周妈隔着门问他要不要吃点夜宵。

周谨应了句，从床上翻身起来，懒懒地挪到书桌边。

刚拉开椅子坐下，就看到了摊在桌上的那本蓝色的书。

4.

顾瑶打开自家大门，从屋里探出脑袋。

楼道里光线昏暗,看不清周谨脸上的表情。

他递过来一本书:"下次去的时候,把这本也带给她。"

5.

周谨想,自己大概真的疯了。

在附中的第一天,最难熬的并不是密集的课程和铺天盖地的试卷,而是哪儿哪儿都见不到黎礼,却哪儿哪儿都像有她的影子。

上课时,他的目光还是会习惯性地落到前排,中间座位上的女生也留着条马尾辫,一晃一晃间,总会让他有些恍惚。走在校园里,新的长廊,新的操场,耳边偶尔捕捉到一声熟悉的笑语,回过头,看到的全是陌生的脸。

语文老师在课上聊诗词,谈到"聚散匆匆,此恨年年有",感慨光阴流逝,任何人都抵挡不住时间的筛选,聚散离合不过是最寻常的事罢了。

周谨却想起了自己在书上看到过的一句话。

"确定无疑的事有这么一两桩,就足以抵御世间的种种无常。"

这句话,就写在他让顾瑶带给黎礼的书里,他私心希望,这句话能支撑他们走过没有彼此的三年,抑或是,未来更长的路。

6.

周谨的新同桌叫雷豪，一个拥有八卦之魂的男生。

一天课间，这位同桌神秘兮兮地从校裤口袋里掏出一张皱巴巴的旧纸。

"给你看个东西，前两天通告栏上掉下来的。"

周谨垂眸看了眼，居然是一份通报批评。

"我打听过了，是上一届的人，男生和外校的妹子谈恋爱，有一次翘课去约会，被年级主任逮了个正着。"雷豪兴致勃勃地描述起来龙去脉，"听说，当时学校直接来了个'跨校联合执法'，把两个人全揪了出来，一人一张通报。嘿，真狠！"

"你哪儿来这么多消息？"

"啧，本事。"雷豪得意地靠着椅背，竖起大拇指冲向自己，"哥们儿，有什么想知道的尽管来问，必定知无不言，言无不尽。"

周谨笑着转回头。

雷豪不知从这份笑意里捕捉到了什么，突然凑上去问："你有喜欢的女生吗？"

"啊？"

"有吗？是咱们学校的吗？需不需要我帮你打探一下？"

"不需要……"

"那是外校的？"雷豪穷追不舍。

周谨写字的手微微一顿，没有回答，雷豪却像猎犬般敏锐地嗅着了气味。

"初中同学?在哪个高中啊?漂亮吗?"

"无聊。"周谨拨开他的脑袋,"没有的事。"

"不能吧,你长这样,难道没有谈过……"雷豪将信将疑,"不过呢,如果真是外校的话,我劝你还是早日有心理准备。"

"准备什么?"周谨微微蹙眉。

雷豪勾过他的肩膀,指着斜前方一个男生道:"喏,比方这位,提前开学的这段时间里,他在学校上课,小青梅就跟情敌好了……啧啧,前两天还在厕所里偷偷抹眼泪呢。"

周谨一把推开他:"你怎么什么都知道?"

"嘿嘿,跟你说了,哥们儿的超能力就是'包打听'!"

雷豪的嘴很碎,但还真可能"开过光"。

当天晚上,周谨又在自家门口碰见了神秘兮兮的顾瑶。

"找我?怎么不进去?"他说着就要去推门。

顾瑶却拉住他,一脸探究地盯住他的眼睛:"哥,你其实挺关心礼礼的,对不对?"

这一问来得猝不及防,周谨张了张嘴,竟难以发声。幸好夜色浓郁,否则顾瑶就能看见红晕是如何从耳朵后爬上她哥的脸。

"大家都是一起长大的,关心下有什么不可以吗?"他以最快速度掩饰了自己一瞬的失神。

"可以,可以。"好在,顾瑶从来不是个打破砂锅问到底的人,"那本书,替你转送了。"

"她在那边,还适应吗?"

"她挺好的，毕竟……旧城区有旧城区的好嘛。"

"什么意思？"周谨听出她拖长的调子里有弦外之音。

顾瑶捂嘴笑了笑，掏出手机。

"你看这个男生，很帅吧？"

她翻出一张照片举到他面前，取景地点看上去像一家甜品店或者小咖啡馆，构图中心是一名高大的男生，正在低头调制饮料。几束阳光从侧方照进，打亮了他棱角分明的五官，也让手臂上紧实的肌肉线条清晰可见。

这一身腱子肉让周谨有种说不清的熟悉感，不过这种感觉转瞬即逝。

"这是礼礼的新同学哦，绝对让人眼前一亮的大帅哥！以我的审美来看，完全不输你。"顾瑶拿着照片，像拿着宝贝似的炫耀，周谨搞不懂她在兴奋什么。

"徐南，回来了啊。"他忽然朝顾瑶身后招呼了句，

话音刚落，顾瑶条件反射般收起了手机，做贼心虚似的向后一转："徐……"

结果背后空无一人。

再回头，门前站着那人也不见了踪影，回应她的只有一声响得恰到好处的门锁声。

"周谨，你个大骗子！"

腹黑锁门的周谨无意理会这个缺心眼表妹，他拽了拽肩上的书包带，不动声色地朝屋里走，心里却反复闪现一个念头……

雷豪这张乌鸦嘴。

7.

周谨最近在想，时间真是难以捉摸又难以形容的东西。

比如小时候，他舅妈经常带着顾瑶和徐南去郊游的日子仿佛还在昨天，而此刻，她却坐到了周家客厅里，为这两个人可能偷偷早恋的事情满面愁容。

"我一直以为这俩孩子从小一起长大，感情好点很正常，想不到居然变质成……变质成那种感情了！大姐，你说这像话吗，该学习的时候不学习，倒是谈起朋友来了。怪不得顾瑶那个成绩一直上不去，心思根本没花在该花的地方！"

"你也别太上火，这种事情急不得，得跟孩子好好沟通。"周妈劝道。

"我怎么能不急啊大姐，你也知道，这丫头的中考成绩在他们高中根本排不上号，要是再不收心，那以后……不行，找机会我得去她学校找老师反映！"

周谨轻轻关上门，将顾瑶妈妈焦虑的言语挡在房间外。

"都听到了？"

"哥，我现在该怎么办！"电话里，顾瑶急得快哭了，"她不会真去找老师吧？"

"别担心，我妈在劝。"周谨安慰她，"这段时间，你和徐南别走太近了。舅妈就是在乎成绩，你把分数提上去才是关键。"

顾瑶呜咽地嘀咕了句："说得容易，你以为我是礼礼吗，说提就能提……"

放下电话,周谨靠在书桌边,隔着房门,顾瑶妈妈焦躁的话语还是隐隐传了进来。

"早知道会这样,以前我就不该让他俩一天到晚待在一块儿……"

周谨忍不住笑了。他还记得上小学那会儿,顾妈妈有一次应酬喝多了,回来拉着徐南的手反反复复念叨:"你怎么天天上我家玩啊,这样长大后是要当我家女婿的知不知道……""以前你可不是这么想的。"他对着门外打趣了句,抬腿半坐上桌子,靠着书架打算背一会儿书。

一抬眼,却透过玻璃窗看见了庭院中那棵大树,经年累月,郁郁葱葱。

脑海中忽然响起那个稚嫩的声音。

"周谨,长大后我们结婚好不好?"

"你不想长大以后和我结婚吗?"

"那你到底想和谁结婚?"

很多年前,尚且几岁的他就是在这棵树下,对着"质问"自己的黎礼,一板一眼说出了那句:"反正不会和你。"

现在,十六岁的周谨望着窗外回忆了一会儿,才收回目光。

时间哪……

8.

隔天上课时,周谨的手机突然振动了起来。

好在这堂课的老师声音洪亮如钟,这点轻微的响动被轻易掩盖了过去。

周谨低头看了眼,居然是黎礼的微信。

她发来一张聊天截图,以及一个问号。

周谨扫了眼截图内容,事情已经明白了个大概。

"没多大事,顾瑶她妈怀疑她和徐南早恋,估计今天告到学校那边去了。"

很快,黎礼回复:"你学坏了,怎么上课玩手机呢?"

他的嘴角勾了起来:"彼此彼此。"

又过了会儿,这个胆大包天的人居然还敢发过来:"看来附中管得也不严。"

不严?他对这个说法非常不服,附中在纪律这方面,放眼全市只怕无出其右。

他心念一动,略带试探地打了句:"严的,尤其是抓早恋,跨校的话还会联合抓。"

想了想,他又补充道:"所以你要小心。"

发完这两句,他有些忐忑地将手机塞进桌肚里。

可黎礼的消息,再也没有响起。

下午,快憋出内伤的雷豪实在忍不住了。

"大哥,拜托和我讲讲吧!"他拽住周谨的胳膊,"你这一天魂不守舍的,到底为了谁啊?"

"我?有吗?"

"你有！你太有了！"雷豪激动地指向周谨的桌肚，"一天看八百遍手机，到底在等谁的消息啊？！"

周谨愣了愣，默默收回了刚打算进行第八百零一遍的手。

这天最后一节是活动课，由于上节课老师拖堂，导致A班男生集体出动晚了，球场早被其他班级占领，他们只能四处闲逛，看看哪里还能见缝插针地活动两下子。

"你有问题，你绝对有问题！"

即使这种时候，雷豪依旧缠着周谨喋喋不休，想起周谨回消息时那不由自主上扬的嘴角，他体内的八卦之血就一刻停不住地疯狂沸腾！

"行，我有问题。"周谨懒懒地敷衍他。

有人在网球场边招呼他们："谨哥，豪子，要不要一起？"

二人转头看去，发现自己班上的几个男生正和隔壁班的三两个女生凑在一块儿，手里拿着羽毛球拍，站在网球场上比画着。

"优秀啊，在网球场打羽毛球。"雷豪才调侃了一句，对面人群中有个女生闻言回头，对他们粲然一笑。

"一起吧，男女组队，混合双打。"

是余优悠。

一身干净校服的她握着球拍，站在夕阳下笑得分外甜美，把刚才还啰里吧唆的雷豪直接看傻了，一个"好"字卡在喉咙口，愣是半天都蹦不出来。

"好。"还是周谨替他应了下来。

"优悠还没有搭档,你们谁跟优悠一组呀?"旁边的女生都在抿嘴偷笑。

周谨将失神的雷豪朝前一推:"他。"

"你不打?"余优悠有些失望。

"我不会,可以当你们的观众。"

雷豪握着球拍,扭头朝周谨露出了一个感激的傻笑,结果被对面飞来的羽毛球击中脑壳。

"你认真点行吗?"余优悠不满地看着他,"对了,你叫什么名字?"

"雷……雷豪!雷是雷公的雷,豪是……"

"哈哈哈,听着怎么像句方言。"

周谨坐在场边,瞧着自己同桌笨嘴拙舌比画的模样直接笑出了声。

夕阳下,女生一本正经地指导起挥拍动作,雷豪像个认真勤恳的小学生,照着她的要求一遍遍地练习。黄昏的光影落在二人脸上,分不清究竟是落日的颜色,还是悸动的红晕。

周谨欣赏了一会儿,口袋里的手机突然振了一下。

他着急地打开,看到的却是秦涵的头像边亮起了红点。

秦涵发来了一张照片,拍的是黎礼和一名男生在球场边说话的样子。

周谨放大图片,一下子认出了照片中的男生,和之前顾瑶给他看的是同一个人。

秦涵又发来一句话："她有新朋友咯。"

天空中的云气开始厚重，落日转身跳进入夜时分的云海里，连带着周遭气温也降了下来。

"谨哥，走了，去食堂。"羽毛球活动结束，几名男生朝场边的他招手。

"好。"周谨淡淡地答了句，却并没起身。

指尖在屏幕上划动，翻到了和黎礼的对话框。

聊天内容停止在上午他试探地发出的那句"所以你要小心"，除此之外，依旧没有新的消息。

"谨哥，干吗呢？"男生们催促道。

他退出微信界面，起身朝朋友们走去。

屏幕熄灭了，连同周谨眼底的光，一同暗淡了下去。

9.

黎礼最终还是回复了他的消息，只不过是在QQ上。

她说手机被老师没收了，同时还被下了期末统考进全市前四百名的"死命令"。

周谨在电脑上将黎礼的留言反反复复看了好几遍，悬了一天的心终于有了落地的感觉。

他拿出学校在开学时给每个学生发的《光荣榜》，里面记录了优秀校友及近三年高考优异的学生名单。对照这些人的全市排名及录取去向，可以大概判断出四百名左右能进什么水平的大学。

周谨知道，考到目标名次的意义绝不在于黎礼能拿回手机，让他欣慰的是，在世西中学，居然有人对她抱有这般期盼。

这件事情让他翻来覆去想了一夜，连第二天的课都不能完全集中注意力。直到晚上，第一节自习课结束后，他开始收拾书包。

"这是，要回去啊？"雷豪问。

"翘课。"周谨回答得简单明了。

雷豪一口水差点喷出去。

"翘……翘……你疯啦！"他努力压低声音，紧张道，"被学校抓到就完了！"

"就当是真的疯了吧。"周谨拉起书包拉链，"走了。"

"哎，大哥，你起码告诉我你要去干什么，我才好帮你打掩护啊！"

周谨将书包挎在肩上，回头笑了笑。

世西离附中真的很远，周谨坐了十几站地铁，又上了公交。

公交车在暗淡的城区里缓慢穿行，沿路除了几盏路灯亮着，尽是灰扑扑的建筑。车厢里人不多，弥漫着一股陈旧的气味。前排有个中年男人脱了鞋在大声讲电话，后面有人睡得鼾声震天。

车在一处站点停下，上来两个年纪很小却一头惹眼发型的小女生，两人投完币后朝后排走，目光却被靠窗的男生吸引了

193

过去。

那人的气质干净得如同月光,望着窗外不知在想什么。他身上的校服也很夺目,原来那所"传说中的学校",校服竟是这样好看的。

女孩们轻手轻脚地在周谨斜后方坐下,脑袋凑在一起窃窃私语。

附中的好学生为什么会出现在这里?他住在这里,还是要去寻找谁?

旧城的夜宛若一片灰色的海,他像一条逆流而上的鱼。

在世西校门口,周谨终于见到了他想见的人。

黎礼还是那个样子,即使穿着世西中学灰褐色的校服,依旧灵动得叫人挪不开眼。

她和同学笑闹着跑出来,一抬头便看见了他。

"你怎么在这儿?!"

心底一片酸软,嘴角却抑制不住地扬起弧度。

他操着一贯冷淡且拽的调子,一步一步向她走去。

"哪条规定说我不能在这儿?"

与黎礼并肩走在路上时,周谨想,这真是他们从小到大分别得最久的一次了。

两人还是和从前一样聊着天,黎礼问他为什么过来,周谨早就为自己找好了理由。

"生日礼物，到家了给你。"

被当作"生日礼物"的借口就装在他书包里，一份附中的内部学习资料，他大概能猜想到等会儿黎礼收到后的表情。

路走到一半，有人从后面叫住了黎礼。

周谨终于见到了那个两次出现在照片里的男生。

"哟，这位是……你以前的同学？"男生直视着他，眼神里有些戒备的意味。

周谨相信此刻自己的眼中，也有同样的抵触。

他听见黎礼叫那人"楚言"。

两人同路成了三人同行，楚言在边上缠着黎礼问东问西，那样子真有点像八卦起来的雷豪。

周谨走在最前头，如果有人迎面路过，一定会看到他那张几乎要结冰的冷脸。

"黎礼，今天还有几道题我实在想不明白，要不一会儿等他走了，你再帮我看一下？"楚言说这话时尽可能压低了声音，可一字一句还是飘进了周谨的耳朵里。

"什么题不会？正好我今天在，有的是时间。"周谨收住脚步，直接回过身，差点同楚言撞个满怀。

"反正礼礼以前也是我教的，何必多此一举。"

楚言逼上前一步："你挺爱管闲事是不是？"

如果不是黎礼及时打断，周谨或许真的会跟这个人打上一架。

楚言走了,两个发小在沉默中走完了剩下的路。

一直到黎礼租住的小区门口,周谨才从包里取出了那份资料。

"你可真会送啊。"她果然挖苦道。

"目前来说,没有比这个对你而言更有用的东西了。"

黎礼沉默了,周谨知道她是明白的。

"以后我QQ会常登,有不懂的直接发我。"他看着她,眼神温柔得不像话,"'高中见'没达成,'大学见'还有机会吗?"

黎礼抬起头,眼睛里有一闪一闪的晶莹。

"你猜。"

说完这句,她就跑了。小区里光线很暗,她消失在浓雾般的夜色中。

周谨向她离开的方向注视了一会儿,才转身离开。离开时,他闻到空气中一丝淡淡的香甜,是秋天桂花开的味道。

这份资料是他上午在教师办公室多拿的,附中学生从来不买市面上的辅导书,每一届都只用骨干教师亲自编写的内部学习资料。

送给黎礼的这一份,他在第一页的背面,用铅笔留下了一行字。

"十六岁快乐,我知道你无所不能。"

如果可以,他想和她一起走到更远的地方。

10.

日子过得飞快，树上叶子黄了一轮，又落了一轮，冬天就到了。

地理课上，老师讲着讲着聊到了冬至。

"冬至日这天，北半球白昼达到一年中最短……传统文化里有'冬至大如年'的说法，其实我们这座城市啊，是有过冬至的传统的，只不过现如今重视的人越来越少了。"

"肯定不包括小卖部老板。"雷豪在底下小声道。

"雷豪，你自己在那儿嘀咕什么呢？"

"没什么老师，我说你说得对！"

附中小卖部的老板，操纵附中风向的"风云人物"，最擅长的业务就是卖苹果——圣诞节卖平安果，元旦节卖新年果，大小考试前卖状元果。

于是冬至前夜，周谨的课桌几乎被包装喜庆的"冬至果"堆满了。

"你的迷妹们，是想用苹果撑死你？"雷豪掂着一个果子，酸溜溜道。

"余优悠没给你送吗？"周谨回敬。

雷豪又喜滋滋地傻笑起来。

周谨看了眼墙上的时间，低声道："今天晚自习再帮个忙。"

雷豪诧异地瞪着他："不是吧谨哥，今天班主任也在啊！"

"又不是她看晚自习。"

"你哪知道她会不会突击检查？！"

周谨淡定自若，抓起作业塞进包里。

"没事，能挡就挡，挡不住就告诉她，我翘课了。"

他溜得很早，因为黎礼告诉他，冬至夜世西没有晚自习。

再次坐进陈旧的公交车里，天色尚未全暗，沿途风景比上回多了几分生气，老城里过节的气氛，比其他地方浓重得多。

路过一条步行街时，车停下等红灯，外面有人抱着吉他，在广场上唱《最重要的小事》。

"我走过动荡日子，追过梦的放肆，穿过多少生死。却假装若无其事，穿过半个城市，只想看你样子。"

周谨心想，他正在做这样一件事，无比坚定地去见某个人。微不足道，却非要如此不可。

许多年后，当他置身于另一座遥远城市的车流之中，看着老式公交车从旁边缓慢驶过，依然会想起十六岁的这个傍晚，自己怀着怎样的心情穿越两个城区。虽非逾山越海，却有一腔孤勇。那是年少青春里，永远灿烂鲜明的一天。

这场"冒险"的后果，是他的通报批评被贴上了年级宣传栏。

"高一A班周谨，无视校规，无视纪律，12月20日晚自习无故旷课，影响恶劣……"

宣传栏前挤满了人,七嘴八舌地讨论着一向高高在上的A班竟有这等异类。

教室里,最爱凑热闹的雷豪这次罕见地没有动,他看看外面,又看看周谨,十分内疚地垂下头。

"抱歉,班主任来查班,我没顶住……"

"都说了,和你没关系。"周谨满不在乎,"你提醒过的,是我没听。"

"话说,他们真信了你翘课是去网吧打游戏啊?"雷豪不禁好奇。

"信不信无所谓,总之他们也找不到别的证据。"

被骂几句,被背后议论,都无所谓,他现在有更重要的事情。

11.

黎家最近又开始不太平了。

起先是有个陌生男人在大院里兜兜转转,逢人便打听是不是有一对单亲母女住在这里,妈妈姓李女儿姓秦。后来不知是谁给指的路,男人得知门牌号后,气势汹汹就找了上去。

那天发生的争吵,激烈程度丝毫不亚于几个月前李婉自己闹事那次。只不过这一回,两个人毫无底线地互相攻击,污言秽语最终让所有打算看热闹的人都默默关上了窗。

"你们听听,像什么话呀!不知道的还以为住了什么地痞流氓呢。"顾瑶妈妈郁闷地在周家客厅里走来走去,情急之下还拉开窗户朝楼上喊了句:"文明点行吗?这儿还有孩子哪!"

"不行咱就报警吧。"顾瑶爸爸接过周爸刚泡好的茶,皱着眉头喝了口,"吵得都没法在自己家待,唉,吵死了。"

"我说你们急什么,这点鸡毛蒜皮的小事还用得着给人民警察添麻烦吗。"周妈斜倚着沙发,悠闲地握着遥控器换台,"说到底都是黎建阳招来的,让他自己想办法解决去吧。"

黎家纷争的原因,在之后几天街坊四邻的情报交流中,渐渐补出了全貌。

"啧啧啧,原来那男人是李婉的前夫啊。"

"听上去,以前是个有钱人,后来破产了欠债了,老婆头也不回地赶紧把婚给离了。"

"离了以后傍上黎家那男人啦?真够可以的……哎,那既然都离了,前夫还追过来吵什么呀?"

"好像是她离婚前偷偷转移了一部分财产,前夫家现在财务危机,过来要钱呗。"

"哎哟,能不能消停过日子啦。"

此后,那姓秦的男人又来过几次,他一来,黎家就风雨漫天。

"没完没了了还。"外头的吵闹声再次响起时,周妈不耐烦地关上了窗,"黎建阳怎么还没摆平啊,给那男的把钱补齐不就完了吗,反正他最喜欢'助人为乐'了,不是吗?"

200

周爸轻轻咳嗽了一声，提醒她说话注意。

周谨十分有眼力见儿地拎起门口的两袋垃圾："我去扔一下。"

一出门，尖锐的争执声就往耳朵里钻，不过周谨觉得，并没有几个月前的那场冲突来得令他难受。

他在路口倒完垃圾，往回走时，意外在楼下看见了一个熟悉的身影。

"哟，这么巧。"楚言也看见了他。

"你怎么在这里？"

"替我妈跑腿到附近送货，我家开小吃店的。"楚言笑了笑，十分坦荡，"你们新城区的人可真有钱，配送费比这一单外卖的价格还贵，二话不说就点了，真的很难理解。"

说罢，他指了指楼上："这是在？"

"吵架。"周谨言简意赅，想想又补充道，"以前是黎礼家。"

楚言立刻恍然，回头又朝那噪声来源处多打量了几眼。

"够凶的，但应该以前不这样吧？"

这话问得很妙，连周谨都忍不住漏了一声笑。

"哎，既然碰到，有时间聊聊吗？"楚言问完，歪了下头，"不过最好换个地方，太吵了。"

周谨带他去了家附近的露天篮球场。

虽是冬天，球场上依旧有不少人穿着短袖，汗出得热气腾腾。两人在场边随便找了个位置，背靠铁丝网席地而坐。

"特意来看看黎礼从小长大的地方？"周谨递给他一听可乐，问得很直接。

"是。"楚言毫不客气地接过，"她说以前住的环境和我们那里差不多……她还是太懂安慰人了。"

"别这样讲，旧城区有旧城区的好。"周谨拉开易拉环，喝了一口饮料，"过冬至这个传统就很好，冬酿酒也不错。"

"你又来过？"

"刚来过。"

"冬至，和黎礼？"

周谨不接话，只是默默挑了下眉。

"我打听下，不是一直传言附中管得特别严格吗？"楚言捏着可乐罐，"还是说冬至那天，你们学校也不用上晚自习？"

"可以不上。"周谨的语气无关紧要，"事后去德育处领一张通报批评就行。"

"这是学霸该说的话吗？"

"不然你想听什么话？学霸也是人。"

"嘿……"

不知是不是这天的气氛特别对，总之上一次见面还差点打起来的两个少年，忽然就像老朋友一样聊起了天。

"她在学校过得怎么样？"周谨问，"你也说了，她特别会安慰人，问她几乎问不出坏事。"

"世西呢，终究不是个适合学霸待的地方。"楚言如实回答,"不过她在这里也有志同道合的朋友,有尽心尽力的老师。还有我,我不会让任何事情伤害到她。"

周谨喝水的动作停了一下,转头向他望去,发现对方也看了过来。

两个少年目光交汇,彼此眼中是试探、坚定,又都有些较劲的意思,只不过这一回没了上次对峙时的火花。

"我也不会。"周谨较真地盯住楚言的眼睛,"所以,有人想欺负她,对吧?"

楚言向身后周家的方位瞄了眼:"喏,你们楼上吵架的那户,没猜错的话,现在住的是秦涵吧?"

周谨脸色阴沉地点点头,楚言的意思不言而喻。

其实他早就有所怀疑了。

大院里的人得知秦涵借读到世西的消息比黎礼还要晚几天,当周妈听说两个人又被安排进同一所学校时,若非有旁人阻拦,她差点冲上楼踢烂黎家的大门。

周谨以前对秦涵的性格拿捏不稳,直到李婉和林秋阿姨大吵一架后,他开始怀疑,秦涵是否也像她的母亲一样,善于用柔弱无害的表象伪装自己的利齿。

尤其是在秦涵几次发给他一些关于黎礼模棱两可的消息后,这种怀疑更深了。

他提醒过黎礼几次,也试探过,可黎礼总是一副天塌下来都无所谓的样子。

"没事啦,秦涵什么样你又不是不知道,她能对我做什么？"她每次都这样讲。

现在看来，他担心的事情是真的发生过。

"他们吵成这样，是秦涵不在家吗？"楚言随口问，"又跟她学校里那帮狐朋狗友出去了？"

周谨皱着眉摇头，他对秦涵的情况不太了解，事实上，出于刻意回避的原因，连平时在家都很少碰见她。

"你放心，我说过了，有我在。"楚言看穿了他的顾虑，懒懒地往身后的铁丝网上一靠，"听说，秦涵的妈妈和礼礼的妈妈以前是好朋友，是吧？"

"嗯。"周谨闷声应道，"林秋阿姨，最初是为了帮她们。"

"这种事情嘛，农夫与蛇，挺常见的。"楚言喝空了可乐，用手将易拉罐嘎巴捏扁。

周谨看着被他捏扁的罐子，终究没说什么。

二人陷入沉默，好在有球场上的声音填补了这段空白。

直到有人要下场休息，楚言起身上前，对着前面的人喊："兄弟，借个球行吗？几分钟。"

对方应声将球传了过来，楚言接住，转身面朝周谨："三中的得分后卫，联赛时没机会切磋，今天单挑一场怎么样？"

周谨错愕了几秒，突然意识到为什么自己每次看到楚言，都会有种熟悉的感觉。

"我就是十六中的6号。"楚言咧嘴笑着，露出一口好看的白牙，"别说你没听过我的名号啊。"

球场上，围观者渐渐聚拢起来，好奇地看着两个年轻男孩势均力敌的较量。人群中不时传出叫好声。

曾经最受关注的两名球员，终于在只属于他们的赛场上正面交锋了。

最后一个球，以绝对准确的弧线进筐。楚言看着球直直落下，耳边爆发出观众热烈的掌声。

周谨收回手，停在原地。

过了有十几秒，楚言才转过身，冲他无所谓地笑笑："啧，果然还是会输给你。"

"哎？哥们儿，走啦？不打啦？"路人问。

楚言大摇大摆地向出口走去，一句话也没再多说，只是朝身后随意地挥了挥手。

"小兄弟，你还打吗？要不要加入我们？"有人向周谨发出邀请。

周谨只是将球还了回去，独自回到场边。

人群散去，球场又恢复了之前的热闹。

周谨穿上外套，往家的方向走，迎面吹来的风有些冷冽。

最后那一球出手的瞬间，他对楚言说了句话："这三年，拜托你照顾好她。"

而那一球，楚言是有机会拦住的。

周谨回过头，朝楚言离开的地方最后看了眼。

城市华灯初上，楚言灰色的身影消失在一片霓虹光影之中。

12.

一年至终，又到了万家团圆的日子。

这次过年，周家特别热闹。

"来来来，难得年夜饭几家人能聚到一起，我们拍张照吧！"顾瑶妈妈提议。

"我来拍，我来拍。"顾瑶拿出手机，一边盯着屏幕一边招呼所有人，"姑姑你再靠左站一点，喂，周谨你也躲得太边上了吧，都出框了……好了，三，二，一。"

合照完，顾瑶妈看着捣鼓手机的女儿，忍不住又唠叨了句："哎！少弄弄吧，记住也就过年这两天让你用，别又用上瘾了。"

顾瑶默默收起手机，嘴角撇得都快掉到地上了。

"说两句又拉起个脸，你要是有小谨哥哥一半的成绩，我还至于……"顾瑶妈妈越说越急，幸好被周妈适时拉住。

"行了，过年少说几句。"

晚饭过后，一家人分散在客厅里，大人们围坐在一起打牌聊天，孩子们歪靠在沙发上刷手机。电视机里播放着春晚，虽然没人看，但节目声音依然平添了几分年节的味道。

顾瑶上楼拿东西，回来后凑到周谨身边神秘兮兮道："哥，我刚刚特地去三楼观察了下，那屋里静悄悄的，明明有人，可都不怎么说话，气氛好冷啊。"

"你还趴门上听了？"

"怎么啦，这是黎礼和林秋阿姨不在这里过的第一个春节，我不得去看看那些人过得安不安心嘛？"顾瑶说着，又朝楼上翻了个白眼，"最好一个都别好过。"

顾瑶就是这样，有话就说，直来直去，喜欢得明目张胆，讨厌得理直气壮。

她直白又坦荡，勇敢得甚至让周谨有些嫉妒。

周谨低头看了眼手机，发现自己的手指在屏幕上来来回回地划动。看似无意识，实则是绕着黎礼的微信聊天框反复徘徊。

和黎礼的每次接触都像一场预谋，久而久之，他难免有时心虚。

比如现在，黎礼并没有找他，他应该主动吗？

该问些什么呢？吃了吗？在做什么？开心吗？

好像怎样都不对。

"来看看，我找到了你们几个小时候的照片。"周妈拿了本老式相簿走过来，一页一页地翻着。

"这是你们两兄妹第一次去动物园……这是周谨幼儿园毕业的时候……"

翻着翻着，就翻到了一张四个人的合影。

"咦，这是什么时候照的呀，姑姑？"顾瑶看到年幼时的自己，好奇地问。

"哟，这……这是哪一年照的啊？"周妈左看右看记不起来，于是呼唤周爸过来一起回忆。

"这……应该也是新年照的。"周爸眯眼想了半天，无奈道,"具体哪一年还真说不清楚了。"

周妈的手指依次点过照片上并排站着的四个小人儿,感慨:"日子可真快啊。"

时钟即将走向零点时,大人们的牌局仍未结束。

他们所在的城区禁鞭,所以即便到了跨年时刻,屋外依旧安静。

电视里,晚会主持人念完最后的祝福语,开始倒数计时。

"哇,哥你看,礼礼刚发的朋友圈!"顾瑶晃了晃他的胳膊,"她过年的地方,有烟花欸!"

周谨纠结了一晚上的手指飞速点开了黎礼的头像。

一张刚刚发布的照片,满天烟火璀璨,配文只有四个字:新年快乐。

"她是在外公外婆家过的年,真好,我们都多少年没看过除夕夜的烟花了。"顾瑶羡慕地在手机上敲起字,大概是找黎礼聊天去了。

周谨沉默片刻,转身进了书房。

拉开第一层抽屉,他拿出妈妈刚放好的老相簿,翻开那一页。

旧相片里,并排站着四个小人儿,人手一根细长的烟花棒,每张脸上都挂着天真无邪的笑容。从左往右数,分别是徐南、顾瑶、黎礼和他自己。

客厅里的杂音被挡在门外,书房很安静,静到似乎能隐隐听见天边烟火绽放的声音。

一分钟后,他的朋友圈也更新了。一张旧照片,与四个字。

新年快乐。他如是写道。

守岁结束,散场后,大家各自回屋休息。

周谨刚躺上床,就收到了顾瑶的求助电话。

"哥,明天能不能陪我去这个地方烧香,求求了……"她可怜兮兮道。

周谨困意上头,有些不耐烦:"你不会自己去啊。"

"我妈现在管我管得可严了,你又不是不知道。"顾瑶卖惨,"只有你来当这个挡箭牌,她才不会说别的。"

"这个什么龙莲寺,在哪个位置啊?"周谨闭着眼问。

"在一个古镇里,是挺远的……不过黎礼离那边很近,明天可以约她一起出来!"

周谨忽地就睁开了眼。

"喂,哥,你还醒着吗?"

"早点出发,中午还要赶去亲戚家吃饭的。"

"没问题!"

临时起意的行程,早是真的早。

坐上出租车后,兄妹俩还在轮流打着哈欠。

"哥,我现在给黎礼打个电话吧。"顾瑶揉着眼睛说。

周谨看了眼时间,六点十分。

"出了市区再打吧,让她多睡会儿。"他侧头闭目休息,又欲盖弥彰地补了句,"毕竟她很懒。"

顾瑶点点头,又打了个哈欠。

凌晨六点多的城市还未完全苏醒,出租车载着二人行驶在空阔的高架上,前方的天际,新年的第一轮太阳正冉冉升起。

周谨下车时,黎礼正在埋怨顾瑶不早点打声招呼。

郊区的风真大,他将翻领立起,拉链拉到顶,将自己半张脸都挡了起来,只留一双眼睛看她有小脾气的模样。

"哎哟,别生气嘛,本来我是打算再早点打电话的。"顾瑶反手就出卖了他,"但他说你懒,让你再多睡一会儿。"

"你不是从来不信这些的吗,怎么也来了?"黎礼看着他,奇怪地问。

周谨双手插进外套口袋,就这么看着她。

"我来看看,不行?"

来看看你啊,傻瓜……

13.

周妈常常挂在嘴边的"善恶有报",终于在他们高二的这一年应验了。

在经历秦涵的生父反复几次的骚扰之后,黎建阳与李婉本就基础脆弱的感情很快便土崩瓦解了。

和一年前刚来时高调叫来的搬家卡车不同，这次，李婉只能叫到一辆简陋的小面包车，带着为数不多的行李灰溜溜地离开。面包车留下一地尾气，熏得路过的邻居一阵皱眉。

大院里的流言蜚语又开始动了，人们说前夫上门的事情让黎建阳多留了个心眼，所以这次，李婉什么便宜也没捞到。又有人说，李婉那女儿，好像在学校里也犯了事。

周妈最近心情很好，洗个碗都在唱歌。只是在听说秦涵因参与校园霸凌被世西劝退回原籍学校之后，还是轻轻叹了口气。

"如果没有摊上李婉这种妈妈，或许她也会是个好孩子吧？"

升入高二，学业更加重了。

考试、竞赛……每一项都是压在附中学生头上的大山，好在学校还算秉持"德智体美劳全面发展"的理念，依旧保留他们上活动课的权利。

于是，这每两周一次的"放风"课显得更加珍贵了，尤其是男生们，几乎争分夺秒地利用这四十五分钟时间。

这天活动课上，A班男生们正在球场上打得热火朝天，突然一个陌生学弟跑了过来。

"周谨学长，小树林外边有人找你。"学弟虽然不认识别人，却一眼认得出鼎鼎大名的周谨。

"找我？谁？"周谨疑惑，却丝毫不松懈地防守。

"不认识，一个女生，穿外校校服。"

"外校是哪个学校啊?"雷豪擦着汗,喊道,"小弟弟,哥哥们难得出来活动一次,时间很宝贵的知不知道。"

"好像……好像是世西中学的校服!"小学弟被问得抓耳挠腮,"那个女生不肯说名字,不过长得还挺漂亮,说是有急事找周谨学长。"

"世西?怎么可能,你知道世西离这边多远——喂,谨哥,你真去啊?!"

小树林在校园的西角,周谨一路狂奔到那儿。

一墙之隔的人行道上,秦涵隔着围栏在等他。

"怎么是你?"周谨看清来人后,收住了急匆匆的脚步。

秦涵眼睛红肿,明显哭过。她看着周谨的反应,脸上刚刚漾起的一点微笑瞬间散了去。

她是来告别的,今早母亲将所有东西都打包收拾好了,她担心有些话如果不说,以后再也没机会对他说,可是……

"你刚才这么着急地跑过来,是不是以为来的人是黎礼?"

周谨停在离她三步之远的地方,没有回答,算是默认了。

秦涵的两道细眉扭在一起,嘴角向下弯出苦涩的弧度。

"我不明白,你为什么这么在乎她?

"我才是那个一直在想办法靠近你的人,她为此做过什么努力吗?她为你付出过吗?

"我搬到你家楼上,你总是避之不及。她去了那么远的地方,你宁肯翘课也要去见她?

"凭什么？就凭她生下来就是黎礼，而我是秦涵？"

最后一句话，秦涵几乎是嘶吼出来，连路过的行人都朝他们这边看了几眼。

可惜，她的宣泄没有换来预期的回应。

"说完了吗？"周谨只是淡淡道，"说完走吧，自己保重。"

秦涵彻底错愕了，在男生毫无波澜的眼底，她只看到了"浪费时间"四个字。

"你……没有哪怕一句话要对我说吗？"秦涵软弱下来，这一刻的脆弱是真实的。

周谨垂头想了想，最终叹了口气。

"很难跟你解释这些，秦涵。以你现在的心态，恐怕也听不进去。

"每个人生下来都只能成为他自己，这不是一件会被人责怪的事情，更不能因为这个去责怪其他人。

"或许就像你说的，黎礼所有的努力都是为了成为更好的自己，或许她未来的计划里真的没有我……可那又怎么样呢，我还是在乎她，我解释不了，也改变不了了。

"抱歉，我必须回去了。希望……你能开始新的生活。"

男生说完最后一句，真的头也不回地走了。树影摇曳，那身白色校服消失在了林子尽头。

秦涵缓缓蹲下身抱住自己，眼泪再一次流了出来。

妈妈曾说过，没有男人能抵抗一个漂亮女人的泪水。

可是他刚才，分明就无动于衷啊……

14.

回球场的路上，周谨删除了秦涵的所有联系方式。

落得今天这种结局，秦涵或许在某种意义上也算是个受害者，可周谨不能忍受的不仅是她一次又一次地试图挑拨他与黎礼的关系，更是当他在求证黎礼是否受到过排挤时，楚言给出的答案。

秦涵被退学的原因，是参与多起校园霸凌。光凭这一点，他已经是极度克制才没有当面说出太难听的话来。

也是直到今天，周谨才愿意承认，自己迟迟没有删掉秦涵的微信，只是因为从她偶尔发来的微信和照片里，能得到黎礼的消息。在无法见面的日子里，即便是这些内容，对他来说也足够珍贵。

高中剩余的时光，在平静中一天天度过。

会考，高三，百日誓师，倒数冲刺，高考……人生重要的时刻，纷纷如期而至。

…………

"你好，周谨同学。感谢你接受本报的采访，首先恭喜你金榜题名，并一举获得市高考状元的好成绩，可以问下你此刻的感受吗？"

"理想达成的喜悦。要感谢每位老师的教导和帮助,以及父母的辛苦付出。"

"听说在出分前后,有好几所顶级名校争相向你抛出橄榄枝,当时体会到纠结的幸福了吗?"

"我的目标,一直都是清大。"

"再次恭喜周同学,如果要分享一句话给学弟学妹们,你会说什么?"

"相信你所相信的。"

"那么,在所有录取工作尘埃落定之后,你做的第一件事是什么呢?"

"第一件事吗……"

少年望着摄像镜头,思绪渐渐飘远。

几天前的下午,刚打完球回到家的他,才推开门,就看见妈妈站在客厅里,握着手机激动地对电话那头道:"政法大学录了是吗?太好了!礼礼真的太好——等一下,周谨,是你吗?"

她快步走到窗边,只来得及看见周谨的身影从门外一闪而过。

周谨冲到街上,随手拦住一辆出租车。

"师傅,去龙莲寺,麻烦要快!"

一个小时后,车在古镇景区门口停下。

沿着记忆中的路线,他朝前奔跑。夏天古镇的游客要比冬天他们来时多得多,他在人潮里穿行,像条逆流而上的鱼。

抵达寺院时，那台收音机还在咿咿呀呀地播放着戏曲，大爷和名叫小王的大姐，一人搬了一张板凳，坐在门口嗑瓜子。见少年风一般地进来，皆是微微一愣。

"小伙子，你要干什么？"

"还愿！"

周谨又站在了湖心那座凉亭里。

时近黄昏，漫天霞光落进湖里，艳若梦境。成群的锦鲤在水中悠然游弋，搅得一池湖光潋滟迷离。

他从口袋里掏出一枚硬币，对准湖中央那座鲤鱼莲叶的雕塑用力一抛。

硬币冲向高空，翻转，下坠，最后稳稳落在莲叶中央，发出一声清脆的响声。

霎时间，那年冬日清晨的回忆一幕幕扑面而来。

清冽的冷风，渐盛的日光，女孩被静电弄乱的头发……

以及他拉起她的手时，心底虔诚默念的话。

"请让她所愿成真。"

番外三

Haibian de Jinli

1.

苏城连续下了一周的雨,终于把毒辣久已的日头冲洗得温顺和煦。

气候宜人,风和日丽,世西中学五十周年校庆活动,就在这样的一个好天气里举行。

重新装修过的礼堂比三年前敞亮大气不少,老徐把我领到观众席,前两排坐满领导和嘉宾,第三排往后是齐刷刷的青春校服。

音乐响起，活动开始，台上正在热热闹闹地致辞，一个本子却从身后递了过来。

"学姐你好，能不能帮我在上面写一句话？"

我一愣，接过那个厚厚的手账本："需要写什么？"

"都可以。"女生眨着一双亮晶晶的小鹿眼，神情期待，"比如高考顺利之类的。"

原来是在收集祝福。

我将本子翻到最新一页，写下"高考顺利，前程似锦"八个字。

"高三了吧，加油哦。"

"谢谢学姐！"女生高兴地拿回本子，前倾着身子又问，"对了，你也是老徐教过的学生？"

"是啊。"

"老徐以前带过一个学生，叫黎礼，你知道不？"

"哦？她怎么了？"

"她厉害呀，老徐天天挂在嘴边。据说是世西近十年里高考成绩最好的一个，不知道今天在不在。"女生说着，又扯回了话题，"学姐，方便的话能不能再留个签名和日期，比较有纪念意义。"

我接回她的手账本，刚要落笔，就听见主持人朗声道："下面，有请世西中学往届优秀毕业生代表上台发言！"

在女生讶然的目光中，我起身离开座位。

"抱歉同学，一会儿给你补上。"

礼堂的格子窗换了样式，窗外掩映的梧桐仍是旧风景，夏日将尽,翠意不减,流逝的时间仿佛是树叶间打转的风,兜兜转转,不曾走远。

迈步上台,从礼仪人员手中接过话筒,我回身站定,看见台下,老徐在人群中高兴地举起手机。

迎着她的镜头,我镇定微笑。

"各位老师,各位同学,大家好!我是黎礼,很荣幸今天能作为毕业生代表站在这里……"

2.

"这几张拍得好吧?发给你。"老徐得意地翻动着手机相册,"成熟了,稳重了,人也越来越好看了。"

"徐老师,您这几年可真慈眉善目啊。"我揽住她的肩,跟随着退场的人潮,一道慢悠悠地走向礼堂外。

"世西现在的学风好转许多,当老师的省心不少。"老徐道,"明年高考,看看冒尖的那几个能不能超过你。"

"那不早晚的事嘛。"

说说笑笑间,老徐又问:"楚言最近干什么呢?我也很久没见过他了。"

"好像暑假一直留在京市实习呢。"我解释,"他现在跟着一位很有名的建筑师,忙得很。"

"挺好的,带你们那时仿佛还在眼前,一转眼你们都上大四了。"老徐感慨,"他有对象了吗?"

"凭他的姿色，想找还不是分分钟的事情。"

"哦，你也是承认他很有姿色的吧！"

"客观事实，有什么好回避的，哈哈哈……"

校庆活动结束在中午，散场后的师生统一直奔食堂就餐，校园里只有零星几人在闲逛。不远处的球场上，有人捡起地上遗落的篮球，单手投篮入筐。我正朝他走去，忽然听见身后传来一串急匆匆的脚步声。

"黎礼学姐，等一下，能不能合个影！"

拍照、写寄语、加微信，几个女生心满意足地离开。再回头，球场上那人已经在面前站定，笑意盈盈地瞧着我。

"久仰啊黎礼学姐，不知道方不方便留个联系方式？"

"真不巧，我男朋友不让我随便加异性。"

"男朋友是谁啊？管这么宽。"

我走上前，牵起他的手。

"一个叫周谨的小气鬼。"

3.

古镇集市，临水餐厅，黄昏将至。

四只玻璃杯碰到一起，啤酒花令人愉悦地摇晃。

顾瑶仰头一饮而尽，满脸写着爽快。

"你慢点。"徐南拉了拉她的袖子，"菜还没上齐呢，别第一个趴那儿。"

被鄙视了酒量的顾瑶不服气地瞪了瞪自己的"啰唆"男友。

"我和礼礼后天回学校报到,你们什么时候出发?"周谨开口,中断了这对从小掐到大的"冤家"。

"我周四走。"顾瑶夹起一块糖藕塞进嘴里,用筷尾指了指身侧的徐南,"他最爽了,下周二才开学。"

"我可以先去你学校看你。"徐南揉着顾瑶的头发丝。

"用不着,我看了你一暑假,看得烦死。"顾瑶傲娇地转过脸,笑嘻嘻对我道,"哎,我哥那张脸,对着看久了会不会也烦啊?"

我拿开杯子,刚喝进去一半的啤酒呛在嗓子眼。

周谨一面拍着我的背,一面对徐南说:"别去看她,这学期都别去。"

"开个玩笑啦。"顾瑶吐舌头认怂,"对了,哥,礼礼,你们留学申请的材料都弄好了?"

"大体不差吧,文书还要再改改。"

"唉,我一室友,原本和男朋友说好一起考研的,结果暑假里吵架分手,突然就改主意要自己出国留学。"说话间,顾瑶又倒上了满满一杯酒,"这几天老在群里焦虑,说材料根本来不及准备。"

"第一轮申请时间十二月中旬截止,也不能说完全来不及。"周谨道。

"说得容易,要是她能有你俩这种履历,还愁什么呢?"

顾瑶说着,先望向周谨:"清大优等生,竞赛大神。"又望向我,"政法大学根正苗红的好学生,教授主动写推荐信。"

"谢谢夸奖，很爱听。"我心满意足地举杯和她碰了碰。

徐南忍不住插话："你们两口子，从哪年起的，真是厉害到一块儿去了。"

周谨也举起杯子："谢谢，这句我也爱听。"

酒足饭饱，四个人走下楼，结了账，抬脚融入古镇街上热闹的人潮。

今晚有国潮集市，路上不少精心打扮的年轻男女穿着汉服，小河里摇着乌篷船，表演者坐在船头弹奏古琴。

路过一众摊位，忽然闻到空气里弥漫的淡淡香气。

"这是什么，好好闻啊。"

顾瑶拉着我凑上去，摊位车上摆满各色香包，供顾客试闻挑选。

我随手拿起一只，凑近嗅到一阵清甜的玫瑰香气，夹杂几分温润的木质调和一丝清苦的药感。

摊主百忙之中抬起头："您二位挑选的，都是今天的最后一件哦。"

几乎没有女生能躲过"限量""最后一件"这样的话术。

趁我们闲逛，两个男生已经在临河的好位置占了座。一壶冷泡蜜桃乌龙被送上桌时，最后的余晖在微起波澜的湖面一晃而过。古镇华灯初上，清风消解暑热，灯影欢声交织的夜晚正要开始。

"你买了什么？"周谨拉过我的手，嗅了嗅指尖。

"叫乌木玫瑰。"我把香包系在挎包肩带上，"好闻吗？"

"嗯，好闻。"

"你们两个……"徐南放下杯子，表情像是喝进去了一杯酸水，"手里涂了胶水，黏上就分不开？"

周谨笑起来，十指扣着我的手，故意放到桌上："你还是关心下自己的女朋友吧，她都快跟船上的汉服帅哥跑了。"

说话间，几百米外的桥头乌泱泱拥来一群人，举着手机、相机、长枪短炮，潮水拍岸般扑向河岸。

顾瑶没坐下，而是凑在攒动的人堆里，高高举着手机，小半个身子探出岸边石栏，激动不已："快看，穿白色圆领袍的那个！最近超级火的古装网红，本人真的好帅啊！"

不远处，一条装饰华丽的花船缓缓驶来，船头一人长身玉立，宽袖白袍仙姿飘逸，气质卓绝，只是两岸的灯火影影绰绰，看不清面容。

"礼礼，过来帮我拍个照！"

她招手呼唤，在人潮人海的背景下努力找了个角度，摆好造型。

我勉强挤过去，端稳手机，对准后刚按下快门，画面中的顾瑶忽然惊叫失色。

"你的手往哪儿伸呢！"

一声怒斥，周遭的视线齐齐被吸引过来，围着顾瑶和她身后穿黑色短袖的男人，上下来回探究。

"有病吧，谁碰你了！"男人一脸凶相，使劲瞪圆了原本就不大的眼睛。

"就是你！还抵赖！"顾瑶气急，用手指着男人，"你……你，耍流氓！"

"哟,好大一股子酒气。"男人吸吸鼻子,将意味不明的目光往下移了移,"小姑娘,穿这么短的裙子还喝得醉醺醺,谁知道你是做什么的呀!还有,你倒是跟大家说说我是怎么摸的你——哎哟!"

男人吃痛地蜷起膝盖,我收回脚,将发抖的顾瑶拉到身后。

"我刚才用手机录下了你在公共场所辱骂我朋友的证据,现在我们决定报警,麻烦跟我们一起去派出所做个笔录。"我用力握了握顾瑶冒汗的手心,"另外,关于你是否存在性骚扰的行为,或许那台监控能提供一些证明。"

路灯下,一台明晃晃的监控的视角正好对准出事点。男人抬头扫了眼,神情闪过几分慌张。

"讹上我了?"他提高音量,龇牙咧嘴地站起来,"我看你们两个是一伙儿的,现在的小姑娘,心思歪的可真多。"

徐南和周谨挤进人圈的时候,他正骂骂咧咧地要走,被当场拦住了去路。

两个男生人高马大,逼得猥琐男没有退路,他面上心虚,却还嘴硬地叫嚣。

"干什么,人多了不起啊?去派出所也得讲证据!"

"我倒是可以当个人证。"

围观群众里突然响起一个笃定的声音,争执被打断,有人上前一步,迈出人群。

"刚才发生的一切,我都看见了,这一带的监控上季度刚刚更换过,画质高清,我已经联系景区负责人过来,等会儿到了派出所,他们会协助一起调取监控。"

这人看上去四十岁左右,相貌周正,眉眼颇有几分凌厉,说话速度不急不缓,带着点不容置喙的压迫感。

男人终于意识到自己惹上了麻烦,原本嚣张的态度立刻转变。

"那个,小妹妹,对不起,我道歉。"他开始恳求,"下次再也不敢了,你们放过我吧!"

"放你下次再去害别人吗?"顾瑶哽咽着擦掉被气出来的眼泪。

"行了,派出所就在路口,步行五分钟。"我转头看向见义勇为者,"先生,方便的话能麻烦您陪我们一起去吗?"

那人点点头:"当然可以。"

做完笔录,我去上了个厕所,出来时看见大厅里,匆匆赶来的景区负责人正握着证人的手,连声道歉。

"真不好意思韩律,没影响您休假的心情吧?"

"不要紧,一点小事。"

两人简单寒暄后告别,那位韩律转身看见我,温和道:"还好吗?"

我点点头,问:"您是律师?"

"嗯。"他想起了什么,垂眸多往我手里看了眼,"你这手机壳上挂的,是政法大学的挂件吧?"

"对,我是法学专业的,开学念大四。"

"是吗,正巧,下个月我受邀去政法大学当客座教授,那……"

话到一半,手机铃声响了起来,他顺手掏出一张名片递来,说了句"失陪",接起电话就朝门外走去。

名片上，深红色的律所标识格外醒目。格威，精品律所。韩越，高级合伙人。

我抬头，目送韩越走路带风的背影，蓦地感到一股热血在胸腔里沸腾。

什么时候也能混成这样啊，黎律？

4.

"所以，误打误撞碰到了一位大佬？"

返回京市的高铁上，周谨从我手里接过韩越的名片。

"我查了下，P大法本硕，主要从业经历也都算天花板级别。"

侧前方，一名穿着干练又精致的女士正端坐于笔记本电脑前，指尖飞舞，把窄小的车厢座位噼里啪啦打出了写字楼工位的感觉。

我指给周谨看："喏，这是我两年后的样子。"

又扬了扬那张名片："这是我做梦的样子。"

"其实难得有机会遇见行业大佬，你可以试试看加他的微信。"周谨翻到名片背面，有张工作号二维码。

"我回去就加了呀。"

"嚯，速度倒是快。然后呢？"

"没有然后，毫无音讯，大佬的脚脖子不好抱。"

周谨压低声音笑了两声，抬手将我的脑袋往他肩上靠。

"还有两个半小时，睡会儿吧，黎律。梦里走上人生巅峰。"

5.

开学后的日子眨眼飞过,秋风过境,教学楼旁大路上的两排银杏树开始渐变成金色。

"下午没课,我们去瑰丽吃下午茶吧。"卢安安挽着我,悠闲地走一步踩一片落叶。

"大小姐,下午是没课了,但是有讲座。"我提醒道。

"啊,就是格威那个合伙人啊?"卢安安想起来了,"别去了,法考刚刚结束,就不能歇会儿吗?再说了,他都不让你加微信,咱不给他捧场。"

"所以才更要去。"我拍拍她的胳膊,"学习他,成为他,日后路见不平拔刀相助,再留下一张金光闪闪的名片,潇洒转身,深藏功与名。"

卢安安扑哧笑了出来:"不是吧,你真要当女强人啊?"

她伸出手指戳我的脸蛋:"这么好的皮肤,怎么忍心被那些红圈所摧残?不如毕业后进我爸的公司当法务,这样我俩又可以天天混在一块儿了。"

"卢安安,我拿你当朋友,你拿我当员工?!"

"哎哟怎么啦,我自己进公司也是当打工人的呀。走啦,吃午饭去。"

作为地道的京市姑娘,卢安安张嘴却总是带着一副南方腔调,她说自己小时候在外婆家长到十二岁,那是座离苏城很近的县级市,口音也像。出于这份情怀,大学第一天,听到我用苏城方言给家里打电话时,她激动得差点从后面飞扑上来。

卢家父母是白手起家的,早年间摆过夜宵摊,收过废金属,摸爬滚打终于开起了公司,事业蒸蒸日上,才敢把女儿重新接回身边。为了弥补亏欠,掌上明珠般捧在手心,百依百顺。

卢安安告诉我,其实在外婆家的那段日子她过得无比潇洒,南方水土养人,雨季时,整个小镇都笼罩在朦胧的雾气里,她喜欢撑伞在石桥上来回走,假装自己是下凡视察人间的仙女。

"可每次他们一愧疚吧,就会给我买很多礼物,所以我想了想,我也可以是'吃过苦头'的。"

被宠爱与财富滋养长大的卢大小姐,在旁人艳羡的目光中,始终稳稳走在父母早已铺好的幸福大道上,并毫不怀疑会一直无忧无虑地走下去。

如果不是一小时后那通猝不及防的电话,她还从未想过,有一天,这条路会塌方。

从茶餐厅仓皇跑出,再腿软脚软地上了出租车,卢安安笼罩在巨大的惊慌中,几乎语无伦次。

"礼……礼礼,我……我……我妈说,我爸他……他的车被大货车给……"

我搂紧她,说:"马上到医院了,我们相信医生……对,要相信医生……"

在不是切身经历的难关面前,一切语言都沦为苍白无力的虚词。

手术室外,七七八八聚了不少人。事故原因是大货车侧翻压住了旁边车道的七座商务车,车上除了卢父和司机,还有两名公司员工和一名重要客户。

有人当场死亡,有人重伤抢救。狭长走廊的一隅,争执哭闹,风暴渐起。

我下意识拉住卢安安,想退回电梯里。她却逐渐镇定了下来。

"礼礼,你先回学校。"她苍白的脸上硬挤出一丝宽慰的笑。

"可他们现在正是情绪激动的时候。"我担忧地朝伤者家属那儿看了一眼,"你去也解决不了问题。"

"但是我妈妈在那里。"卢安安哽咽,"我不能留她一个人。"

人群中,一名中年妇人被围在中央,肇事司机大概率是外地人,家属抵达之前,她作为公司代表,成了情绪宣泄的"替代出口"。

正是卢太太。

"回去吧礼礼,谢谢你陪我过来。"卢安安替我按开电梯,"接下来的场面可能会很狼狈,千万别看哦。"

电梯门慢慢关上,走廊尽头的哭声陡然加剧,似乎是手术室的门开了。

被轿门不断挤压成线的画面里,卢安安肩膀颤动,一步一步走向风暴中心。

6.

"她简直像个英雄!"

在清大附近的胡同小酒馆里,我情绪高亢地向周谨描述那天的情景。

"我太震撼了,感觉那一刻她父母拼搏狠扛的基因在她身上彻底觉醒，娇娇小姐秒变勇士。"

周谨笑着将一根蘸好番茄酱的薯条塞进我嘴里。

"你老看着我笑干吗？"我边嚼边问，"不觉得卢安安很令人触动吗？"

"确实。"酒馆昏暗的光线中，周谨的眼眸明亮如星，"但更觉得你可爱。"

像是有根羽毛在心里蜻蜓点水般挠了下，我搂上他的腰，轻轻凑入他的怀里。

"周先生，你很没有同情心，我在说一件如此惨痛的事情，你却满脑子风花雪月。"

"抱歉。"周谨嗓音低沉，眉眼也逐渐低近，"刚才走神了，麻烦帮我集中一下注意力。"

唇齿尝到了威士忌和生姜蜂蜜的味道，是周谨点的那杯"盘尼西林"。

气息一瞬错乱，片刻后恢复，周谨抚着我的后脑勺，眼中清泉漾漾，几乎要让我溺死在里头。

"现在好了，你继续说。"

我还在神思旖旎："说什么？"

"换你走神了？"周谨微微挑眉，眸色里藏着危险的钩，"那换我帮你。"

说罢，他的手掌扣住我的脑袋，微醺的气息即将再次覆来时，搁在桌上的手机不合时宜地振动起来。

周谨扫兴地松开，我抓起手机，却看到了一个不常出现的名字——蒋悦,毕业了两三年的同系学姐。

"你好呀,黎礼学妹!"她十分热情,"没忘记姐姐我吧?"

"当然记得啦。"我安抚般地捏了捏周谨的指腹,"这么晚,学姐找我有事?"

"有一件听上去还不错的事情。"蒋悦开门见山,"我们团队最近走了个实习生,业务太多忙不过来。碰巧前不久老板在学术研讨会上碰到了朱教授,老朱还是一如既往热心,主动推荐了几个学生,老板看了一圈,挑中了你这份资料。所以我来问问你,近期有没有实习意愿呢?"

我立刻坐直了身子:"当然有,学姐现在在哪家律所高就?"

"格威。"蒋悦回答,"离政法大学不远,地铁半小时,每周需要保证四天实习,实习待遇是这样的……"

"我没问题,要面试吗?"

"嗯,等老板下周出差回来,约个时间碰面聊聊吧。"

"好。"我说,"对了学姐,你老板是?"

"韩越,韩律师。"蒋悦笑嘻嘻,"见面你就知道了,很有气质的大叔哦。"

7.

中央商务区的时间流速仿佛比其他地方更快,衣着讲究的职场精英们连买杯咖啡都脚下生风。工作状态下西装革履的韩越风度翩翩、精神烁烁,手上的腕表,身边的助理,处处证明着他的专业与成功。

面试非常简短，毕竟有朱教授背书在前，碰面无非是个提前熟悉的流程罢了。

韩越端起咖啡喝了一口，亲和地笑道："那天讲座，好像没看到你？"

"对，不巧遇到了其他事情。"我很意外，"没想到韩律还记得我。"

"何止记得，印象深着呢。"韩越转头看向一旁诧异的蒋悦，"你这学妹啊，一身正气，胆子也大。"

"这又是段什么故事啊，韩律？"蒋悦看看我，又看看韩越。

"没故事，缘分罢了。"韩越拿起手机，"上次好像错过了黎同学的信息，现在补上。"

叮的一声，微信亮起了"新的好友"提示，备注消息：格威韩越，189××××××××。

"谢谢韩律。"我朝他伸出手，"往后还请多指教。"

回程的地铁上，我翻起韩越的朋友圈。

高级合伙人的朋友圈，内容多为自家律所公众号的业绩案例或者行业动态，零星穿插在一条条转发文章之间的照片，也基本是某某高级会议或正儿八经的合照留影。

韩越是做娱乐法的，公开在朋友圈的照片里，时不时会出现几个演艺圈名人。

"这算什么呀，当初某某导演的侵权案，还有那个顶流的合同纠纷，都是韩老大代理的。"微信那头，蒋悦噼里啪啦发来好几个响当当的名字，字里行间充满了骄傲。

"你很崇拜你老板哦。"我回复，"看来他对团队的人很不错。"

过了一会儿，蒋悦发了个捂嘴笑的表情："你来了就知道你的运气有多好。"

临近下班高峰，地铁门一开，人潮如同洪水般拥进车厢。有乘客在高喊"别挤"，我被猝不及防地猛撞了一下，手机瞬间脱手飞出。

逼仄嘈杂的车厢里，熟悉的铃声在不知谁的脚边响个不停，像急促尖锐的"呼救"。说了十几次"抱歉"之后，我终于寻着声源在一辆婴儿车下捡起了响个不停的手机。

屏幕持续显示"卢安安"，不好的预感浮上心头。

"礼礼，你在哪儿？"电话那头，哭泣无法掩饰，"能不能陪我去个地方，拜托。"

"有个女人……有个女人突然找上门说……说我爸……我爸潜规则她。"

8.

卢父终究因为伤势过重，抢救当晚就在ICU（重症加强护理病房）去世了。为了操办后事，卢安安向导员请了一周的假，原本要后天才回来。

收到她发来的地址，我连忙下车换乘另一条线，几经周折，终于在一处暗淡偏僻的老旧小区门口，看见了蹲在大树下发呆的卢安安。

"礼礼，我爸爸不是那种人。"她抬起脸，嗓音半哑，泪痕未干，"他和我妈刚做生意那会儿，有人对我妈不规矩，我爸宁肯丢掉好不容易拉来的订单，也要揍那个人，他说过最瞧不起这种畜生。"

我从包里翻出纸巾，替她擦脸："摸清对方的来路了吗？她有没有证据？"

卢安安咬紧嘴唇，摇摇头："她发消息到我妈手机上，正巧我妈在补觉休息，没看到，然后我就……"

很显然，她瞒着亲妈记下了对方的号码，然后删除信息，又想办法查到了这里。

"你打算怎么做？"

"我想先会会她。"卢安安说，"我相信爸爸是清白的，一定是有人给他做局。那女的在短信里说，如果不给赔偿，就把……就把视频发到网上去。还说相信卢总夫妇感情深厚，不会不在乎丈夫的身后名。"

"视频？"我问，"那个视频……你看了吗？"

"嗯，能看清我爸，但不大看得清对方。"卢安安喃喃，随后想到了什么，急切道，"别误会！不是那种视频，就是……就是……"

她下了很大的决心，拿出手机，点开相册。

视频不是监控内容，而是人手持手机拍摄的。画面中，有个明显醉酒而步伐虚浮的中年男人，也就是卢父，歪斜着被一名女子扶着走在酒店客房的长廊里。那女子身形偏瘦，扶得踉跄。两人勉勉强强挨到了房门口，女子从他的西装外兜里摸出房卡，开门，关门。

视频到这儿还没结束，显然关键情节还在后面。

果然，几分钟后，女子惊慌失措地逃出房间，身上的衬衣被解开了好几个扣子，露出一截肩膀，她在门口停留了两秒，似乎为了确保衣衫不整的样子能被拍到，才朝另一个方向跑了。

视频至此结束，我低头沉默不语，卢安安急道："说句话呀礼礼，不觉得这视频很有问题吗？"

"嗯，摆拍的可能性很大。"

"什么可能性，百分之百是摆拍！你这个时候就别像上模拟法庭一样斟字酌句了，好不好？"卢安安晃着我的肩，义愤填膺，"你看，那女的全程不露脸，倒是把我爸拍得清清楚楚啊！我爸醉得连路都走不稳，怎么可能还做别的事情！"

"你连她住几楼几室都弄清楚了？"

卢安安点头。

"走。"我拉着她站起来，"我们去会会她。"

这是典型的京市老破小，大部分人家都安了牢笼般的防盗窗，单元楼下是私搭乱建的棚子，和随意丢弃的垃圾。

卢安安要找的人住在某幢的六楼顶层，楼道里的感应灯迟钝了几秒才亮起，照出门边堆积成小山的垃圾袋和外卖盒。

咚咚咚。

卢安安叩门。

"外卖放地上就行，我一会儿出来拿！"门里传来一个年轻女人的声音。

我听见卢安安深吸一口气，再次敲门。

"谁啊?"这次,女人的声音多了几分警惕。

"我是卢继勇的女儿。"卢安安正声说,"给我妈妈发消息的人是你吧,可以进来聊几句吗?"

门内沉默了。

"可以吗?我们谈谈。"卢安安不放弃。

"你妈妈喊你来见我?"女人终于说话了,"该谈的我都在短信里写明白了,其他免谈,请你离开。"

"但是……"

"马上离开!否则我报警了!"女人厉声打断,"快滚!再不滚我喊人了啊!"

眼看这门今天是打不开了,我示意了卢安安一把,拉着她转身下楼。

冷冽的寒风吹去了单元楼里陈旧混杂的气味,卢安安一路垂头丧气,我伸手拦下一辆出租车,将她塞了上去。

"你不回学校?"她放下车窗,问。

"你先走,我还有点事要确认一下。"

车带走卢安安,我转身再次进了小区。

这个月份的京市昼夜温差变化大,太阳落山后,萧瑟凛冽。

单元门口贴着崭新的供暖试水通知单,楼道里的灯坏了几盏,往上走,一阵明一阵暗。老小区没有电梯,连回荡的脚步声都泛起旧音色。

这段路难免让人回想起在世西念高中的那几年,我和妈妈在学校附近租住的房子。京市管这种建筑叫筒子楼,从外观来看,比我那时住在旧城区的房子年代更为久远,内部空间也更加狭窄逼仄,不过附近的交通还算便捷,住户里应该有不少年轻白领,毕竟在物价房价迅猛飞涨的京市,能找到一片临时遮风避雨的屋檐,已算不易。

房门再次被叩响,屋里的女人十分警惕。

"谁啊?"

"住楼下的。"我正色道,"你家暖气管道漏水,漏到我家天花板了。"

里面有窸窣走开的脚步声,过了会儿,脚步又回到客厅。

"没漏啊,这两天供暖试水,我一直在家呢。"

"麻烦您,能让我进来确认一下吗?"

"行行行,你自己过来看。"人声有些不悦,但还是嘟嘟囔囔地靠近。

保险栓转动,大门倏忽洞开。

"都跟你说了没……"

门口出现了一张苍白秀丽的脸,穿着厚实的毛衣,搭一件款式普通的羽绒背心,缺乏血色的嘴唇因为震惊而始终半张着。

楼道灯定时熄灭,黑夜骤然落下,屋内白色的灯光从门口透出来,像是舞台上的追光,打亮了这一幕戏剧性的意外重逢。

我动动嘴唇,先打招呼。

"好久不见啊,秦涵。"

9.

屋子很小,杂乱无章。

沙发上堆着乱丢的衣服，餐桌上是吃剩没收拾的外卖，客厅因为那些没有及时处理掉的快递盒显得更加拥挤。

我捡开两件皱巴巴的卫衣，给自己腾了个能坐下的地方。

"那个视频我看了。"我直接道，"卢继勇的女儿是我的朋友。"

秦涵表情僵硬，显然，豁出去骗几个素不相识的人无所谓，可被熟人撞破又是另外一种窘境了。

不过，她很快调整好了心态。

"怎么，她进不了这扇门，所以派你过来谈判？"秦涵一脸倨傲，"条件我在短信里说得很清楚，五十万元一分不能少，这点对卢家来讲不算事吧？既能封住我这个受害者的嘴，也能保全卢老板最后的颜面，他们不吃亏。"

"谁吃亏，不是凭你一面之词就能定的。"我说，"况且那段视频，摆拍痕迹实在太重了吧。"

秦涵嗤笑："你别张口就来啊，再说了，就算视频是有什么人故意偷拍，也改变不了卢继勇对我图谋不轨的事实。"

"不是改变不了，是证明不了。"我直视她的眼睛，"证明不了他做过，也证明不了他没做过，除非你能拿出更直接的证据。而且，从视频中卢继勇的状态来看，似乎很难有什么行为能力。"

秦涵抱臂，身体往前凑，毫不回避地接住我的视线。过了一会儿，她嘴角弯出一道轻蔑的弧线。

"想探探我的底？"

"黎礼啊黎礼，你还真是个只会考试的书呆子。

"我为什么要有更清楚的证据?我只需要手握一盆随时能泼向卢家的脏水,只需要他们乖乖为自家的名声买单,就足够了。

"如果他们不肯配合,那视频就会被放到网上。我不在乎别人怎么骂我,但卢太太难道不在乎别人如何羞辱她的丈夫吗?"

"你就这么确定卢太太会妥协?万一他们夫妻早就貌合神离了呢?"

"啧,看来你这个'朋友',对卢家的情况也不怎么清楚嘛。"秦涵"哼"了一声,姿态有种占领了上风的莫名优越。

"退一万步讲,哪怕是为了女儿,她难道愿意让所有人知道,卢安安有个道德败坏的亲爹?"

我不接话,只是安静地看着她。

没得到预期回应的秦涵,选择继续亮牌。

"我的诉求很简单,给够钱就收手。如果卢家不同意,我不光会放视频,还会把卢继勇这些年做生意不能放在台面上的事情都抖出来,他给谁送过礼,替谁办过事,让卢家人自己掂量。

"你回去转告他们,能用钱摆平的问题都不是问题,别把事情整复杂了,否则……我也算走投无路了,光脚的不怕穿鞋的。"

言尽于此,秦涵打开屋门,靠在门口,摆明态度逐客。

掩下心中的震撼,我冷静地起身,朝外头走去。

"行,你的话我会如实转告给卢家。不过好歹认识一场,多啰唆一句,希望你认真考虑下。"

擦肩之际,我拉起她的手,将刚才在沙发抱枕底下无意摸到的叶酸药盒放在掌心。

"按照敲诈勒索罪的量刑标准,五十万元属于金额特别巨大的范围,情节最严重。

"大人再怎么堕落,是不是该为肚子里的孩子想一想?"

10.

京市几乎一夜入冬。

早上八点,北校门口的煎饼馃子摊正冒着热腾腾的香气,我冒着寒风缩手缩脚地给自己选完了一副配料"奢侈"的豪华煎饼,这才抽出心思,回应蓝牙耳机里顾瑶迫不及待的追问。

"秦涵这是未婚先孕吗?也太劲爆了。所以她搞这一出仙人跳,目的是敲诈钱来养孩子?"

"客观来说呢,现在也没有证据可以证明秦涵不是受害者。"我摆摆手,示意摊主不要放葱花,"我对秦涵的个人主观色彩太强烈了,评价不了,归根结底是别人的家事,我把了解到的情况转述给卢安安,让她和家里讲明。这事她也处理不了,还是得长辈出面解决。"

"我对秦涵也有强烈的主观滤镜,我就觉得她不是好人。"顾瑶吐槽,"哎,礼礼,说真的,在视频里亲眼认出秦涵的那一刻,真的有被吓到吧?"

何止是吓到,那一刻,我差点握不住卢安安的手机。

秦涵同样难以想象,天大地大,竟然还是会有人光凭几秒的侧影就怀疑是她,尤其是她斜露出的肩膀上,那块醒目的烫伤疤痕。

陪卢安安站在门外被厉声驱赶的时候,我才彻底确定,与我们一门之隔对峙的人,的确是秦涵。

她的声音,我太熟悉了,甜美的、恶毒的、撒娇的、威胁的、示弱的、刻薄的……那随着伪装面具而不断切换的声音,至今都令我光是听见就无比烦躁。

"但是有一点,既然查出来秦涵并非卢家的员工,那她怎么会对卢家的情况这么熟悉?"顾瑶疑惑道,"她似乎非常笃定,以卢太太的性格必然会以保全丈夫的体面为先。而且,卢家的底细,她也掌握了不少……这是怎么做到的呢?"

我从摊主手里接过烫乎乎的煎饼,转身顶着风朝地铁口走去。

"一开始我也觉得很蹊跷,不过,周谨听完后,倒是给出了一种可能性。"

"我哥怎么说的?"

"他说,经商的人,打点疏通、培养人脉是在所难免的。这些私下里的操作,除了本人和心腹,还有一种人会了解得清清楚楚——老板的司机。"

顾瑶一声惊呼:"对哦!我姑父有个朋友,就是因为前司机收集证据举报受贿,然后被抓了!那你告诉你室友了吗?"

"嗯,她说,一个月多月前,他爸的确辞退了自己的专职司机。"

11.

为了这段横生出来的枝节,卢安安又请了一段时间的假,走之前咬牙切齿地表示，如果查出来她爸确实清白，一定会想办法让造谣者付出代价。

我正式开始了自己在格威的实习，进了韩越的传媒组，跟着蒋悦做些事。

某天，蒋悦在电脑前查看邮件，冷不丁发出这样一句感慨。

"所以说啊，雇人可得擦亮眼，有些司机，简直是安在身边的定时炸弹。"

因为卢家的事情，搞得我对"司机"这个词异常敏感，于是停止敲键盘，挪动转椅凑了过去。

"怎么了，学姐？"

"喏，你看。"她指着屏幕，"徐艺人的司机被收买了，泄露了他私下开房的行程，对家找狗仔拍到了照片，还在网上放出风声，团队正焦头烂额地准备交涉呢。"

"所以，咱又来活了？"

"嗯。"蒋悦鼠标点了点，我的手机叮地响起一声邮件提示音，"交给你咯宝贝，下班前完成一份法律意见。"

"好。"我回到自己的工位前，打开邮箱，"没想到徐艺人也是韩律的客户。"

蒋悦却"嘁"了一声："他算哪根葱，捧出来的选秀艺人而已，法律服务是整个经纪公司一起打包的。你就随便给他写写好了，别耽误韩律晚上的饭局，晚上那位才是真正的大咖。"

今晚的饭局是韩越三天前就开始交代的，足见客户的分量。临下班的时候,我和蒋悦都认认真真收拾仪表、补好妆容,确保看上去精神饱满又专业。

用餐地点定在一家高端私人会所,隐匿于不起眼的街巷中。厚重的朱漆大门洞开,灵璧水榭,竹影婆娑,古树参天,往里走一步,如同踏入一场虚幻的游园之梦。

"这里,光是入会费就要十万元起充呢。"蒋悦小声地在我耳边介绍,"周天王也是这家的股东之一哦。"

韩越宴请的对象是个制片人,姓方,四十岁上下,方脸圆肚,身边跟着一位美丽的女伴。进屋落座后,女伴脱下大衣,露出一身吊带晚礼服,明艳至极。

"哇,Cindy,还是那么漂亮!这条裙子太适合你啦!"蒋悦大声夸赞。

这位Cindy只是礼节性地牵了牵嘴角,倒是方制片笑得高兴,眼神却飘忽,最后落到了我身上。

"韩律,又添新人啊。"

韩越也笑:"是啊方总,新招的实习生,组里活多,实在忙不过来。"

话音还未全落,他的眼风就扫了过来,我也不傻,当即会意,举起酒杯恭敬地站起来。

"方总好,我是韩律团队的实习生,黎礼。初次见面,还请多关照。"

方制片和颜悦色地应下这杯酒,笑眯眯地看向韩越:"可以啊,看来韩律今年运势很旺,想必挣得也盆满钵满。"

"那都多亏方总照顾,介绍了那么多好项目给我们。"说着,韩越提杯祝酒,一饮而尽。显然,他靠着这位方制片拿到了不少资源。

晚宴是分餐制的,每上一道菜,侍者都会对盘子里那点可怜巴巴的食物做一番专业的介绍,北海道的松叶蟹、法国的吉拉多、伊豆的金目鲷……听完每一段"前世今生",食客们才能小心翼翼地夹起那稀少的菜量送进嘴里,唇齿嚼动几下,滋味昙花一现。

席间,我偷偷给周谨发微信:"山猪吃不了细糠,原来说的就是我本人。"

周谨回复了一个偷笑的表情:"要不要等下去吃铜锅羊肉?你那会所附近就有一家。"

"好啊!"

视线从手机上收回,想到等下的口福,我的心情也雀跃起来,一抬头,却发现方制片正隔着餐桌打量我。

"韩律啊。"方制片晃着红酒杯,眼睛眯成两道缝,若有所思,"我才注意到,你这位实习生,某些角度和惠宁倒是挺像的。"

我一愣,随口就问:"惠宁是?"

方制片的眼睛陡然睁亮,大笑:"惠宁是谁?要问你们韩律啊!"

身边的人轻轻踢了踢我,我看向蒋悦,她扭过头,不动声色地尝了一口红酒。

"惠宁是我和方总的一位多年老友,念大学的时候,还是方总的同系师姐呢。"韩越不慌不忙地解释,也侧头打量我,"到底是方总眼尖,经你提醒,我才发现黎礼和惠宁确实有那么一点点像。"

"才发现？是吗？"方制片的眼睛又笑得眯起来，对站在一旁的侍者招招手，"你去后厨问问，这金目鲷的两个大眼珠子有没有处理掉，煮熟了给韩律上一道炖眼珠，以形补形。"

所有人都配合地大笑起来。韩越端着酒杯，起身走到方制片身边，两人熟络地碰杯，又聊起其他话题，气氛恰到好处。

一顿奢华精致的晚宴吃得宾主尽欢，离开时方制片已微醺，钻进了早已候在门口的黑色宾利。

会所安排好了代驾，韩越准备送我和蒋悦回去。

"谢谢韩律，你们不用管我，我男朋友过来了。"我推辞。

韩越挑眉："男朋友？这么贴心？"

"对啊。"我咧嘴笑着，朝他们挥手道别。

"好吧。蒋悦呢，要不要再去哪儿喝点？"

蒋悦扶住车门，答得俏皮："我没男朋友，我听老板的。"

韩越嗤笑一声，钻进车里："算了吧，当心明天上不了班。"

车子发动，带起的风卷起地上的几片梧桐落叶，渐渐远行。服务生礼仪周到地鞠躬送客，朱门缓缓闭合，水榭亭台、浮光金影如同一幅被小心收起的长卷藏画，消失在了门后。

事实证明，晚宴那点餐食根本起不到什么作用，天寒地冻里没走几步路，饿意就像燎原之火在胃里灼烧。

铜锅羊肉店离会所不过百来米的距离，晚上九点半进门，几乎满座。

"很怀疑你真的是一个刚吃完三小时晚餐的人吗？"周谨一边说，一边将烫好的肉片放进我的碗里。

锅气缭绕，香味弥漫，我夹起两片刚煮熟的羊上脑，裹上厚厚的麻酱蘸料，塞进嘴里的那一刻，有灵魂升天的快乐。

"哼，我吃的晚餐，说出来吓死你。"

痛饮完杯中的啤酒，我开始绘声绘色地给他比画。

"前菜，鱼子酱配黄鱼冻，每人一个大白瓷盘，中间仔仔细细地摆了这么大点的两小块鱼肉。"

"松叶蟹烩官燕，特别好喝，小小一盅，勺子也小，刚尝出点味道来，已经见底了。"

"还有一道叫什么……西施舌？其实就是种蚌类，拿清鸡汤炖，鲜是很鲜，但也是量少得转瞬即逝。"说到这儿，我又往嘴里塞了一筷子羊肉，顺便指挥周谨把那盘子鲜切肉全倒锅里。

"而且这种商务局，又不能沉浸地享受美食，耳朵要时时刻刻听领导和客户在聊什么，眼睛也要观察，费精神得很，就那么点菜，根本支撑不了人。我合理怀疑客户回到家也在叫外卖。"

周谨没忍住，朗声笑了起来。这一笑不要紧，隔壁桌两个不时偷偷看他的女生居然羞涩地涨红了脸。

饿劲压下去了，醋劲却上来了。我不爽地撇起嘴，用筷子敲敲他的碗。

"哎！我都说半天了，你呢，你汇报一下今天的行程。"

"还记得我和你提过的邱神吗？"周谨微笑着，眼中闪过光彩，"今天和他的团队碰了面，聊了一下午。"

我点点头,周谨不止一次提起过,在牛人遍地的清大,这位邱神算是计算机系青年校友一批里的传说人物。多年前,靠着全国高中奥林匹克信息学竞赛金牌保送清大,本科毕业进入斯坦福深造,在硅谷工作数年后,开始着手人工智能方向的创业。去年回国组建团队,发展势头迅猛,团队的人员配置基本相当于是个小型"清大联盟"。

学神周谨虽然不算自视清高,但在专业领域方面很少崇拜过谁,前段时间在前辈和教授的引荐下认识了大名鼎鼎的邱神,回来后居然激动了一晚上,属实不多见。

"他邀请你加入了?"我问。

"算实习吧,我直接进邱神的组。这样一来,能学到和见识到的东西会很有价值。对了,肉还要加吗?"

我连连摇头。

周谨起身拿了桌上的账单,顺手又揉了揉我的头发。

"我去付个钱,慢慢吃,小法师。"

夜宵成了正经晚饭,我撑得肚皮滚圆,几乎是扶着周谨出的店门。

吃饱喝足,身心得到了极大的抚慰,连扑面吹来的风都不那么令人畏缩了。

我挽着周谨的胳膊,忽然由衷地感慨:"好幸福啊。"

"展开说说。"周谨敞开半个怀抱,把我揽入其中。

他衣服上有一股好闻的皂香,我使劲吸了吸鼻子,恍然间像是回到了小时候,路过周家的门口,时常能嗅到晾晒的衣服被阳光烘过后散发的清新味道。又像是回到了高中那年的冬至,他翘课陪我走过的那条街……

白驹过隙,一晃已是数年。

十字路口亮着红灯,等待的工夫,我和周谨提起了秦涵。

"虽然很不喜欢她,但是亲眼看到她如今的处境,总感觉有点……有点,怎么说呢。"

"可别告诉我你开始同情她了。"周谨语气干脆,"人走哪条路,都是自己的选择。"

我仰起头,看向他被路灯清晰描摹的优越侧脸。

"哎,你是什么时候开始这么讨厌她的?你一开始不是挺喜欢她吗?"

"瞎说!我什么时候喜欢过她了?"

否认?那我可就要来劲了。我一下子推开他,掰着手指开始翻旧账。

"第一次在我家的时候,你看见她脸都红了,连醋瓶子都拿不稳,还是我帮你扶的。

"你还经常教她做题,那么耐心,对我都没这种好的态度。

"还有,还有……"

周谨抱起胳膊瞧我,一脸似笑非笑:"还有什么?"

"首先,我承认一开始觉得她长得不错,但那会儿我们才初二,我也就一小学刚毕业一两年的小屁孩,懂什么?非要论起来,那几年你只要和隔壁单元上高中的哥哥说两句话就会脸红,别不承认啊,我可都看在眼里。

"再解释第二个问题,拜托,教她做题真是最无聊最痛苦的事情,好吗?就像对木头讲了半天。要不是有林秋阿姨这层关系在,我真的一秒都忍不下去。

"我对她的态度比你好?怎么得出来的结论?咱俩高中那些夜都一起白熬了?我多珍惜陪你做题的机会啊。

"还有疑问吗,礼礼同学?"

周谨俯身凑近我,眉眼染着淡黄的光,柔软明亮,惑人非常。

我承认自己很没出息,对着这张从小看到大的脸,还是会被其美色俘获。

手里冷不丁被塞了一样东西,我低头一看,居然是一瓶香水。外包装上K开头的标识,还是因为卢安安才知道的一个牌子,据说贵得连卢大小姐也不大舍得经常喷。

"等你的时候,在附近的商场打发时间,正好想给你挑个实习礼物。"周谨说道,"路过别人试香,味道很像你在古镇买的香包,乌木玫瑰的味道,我想你应该会喜欢。"

这下子,我更没出息了,欢欢喜喜地拉住他的手,一改之前兴师问罪的态度。

"哎哟,你怎么藏到现在才拿出来嘛。"

"羊肉火锅店里送香水,不觉得离谱?"周谨微微蹙眉,"还有啊,刚才明明挺高兴的,突然提什么秦涵啊?"

"也是哦,我们不提她了,周谨哥哥!"我搂上他的腰,用十分造作的腔调用力撒娇,"绿灯亮了,哥哥。我们一起过马路吧!"

周谨哭笑不得,他的弱点很好拿捏,但凡我叫他一声哥哥,他必然无条件投降。

"礼礼,那些话,你是不是憋在肚子里好几年了?"

我抿了抿嘴,算是默认。

"以后想问就问,别自己生闷气。"

"那还有一个问题。"我头脑一热,又道。

"请说。"

"高中你帮我补课,有没有嫌我笨过?"

"那能一样吗?我是在追你啊,小白眼狼!"

12.

临近冬至,韩越让我陪他去拜访一位客户。这次没有蒋悦,只有我和他两个人。

客户的家在郊区,一栋占地面积很大的自建房,花园里有一个近百吨水的锦鲤池。我们到时,客户正往池里丢新鲜的白菜叶子。

"王总,我听说锦鲤冬天是要停食的啊,您这怎么还喂上蔬菜了?"韩越自然地开启话题。

"嗐,那都不是绝对的,像今儿天气好,适当喂点大白菜,鱼消化起来没负担,也能多补充点能量。韩律,你以后要养鱼随时找我,这里头啊,学问多着哪。"

韩越笑道:"我可没有条件挖鱼池,顶多在家里弄个鱼缸。"

"那不成,鱼缸小,憋屈。"

一下午，话题就在锦鲤和业务之间来回跳跃。韩越虽然不养鱼，但为了迎合客户的喜好做足了功课，从下午茶时间聊到了晚饭点，终于起身告辞。

回程路上遇到交通事故，三条车道被堵得水泄不通，聒噪的鸣笛声此起彼伏，韩越将车里正在播放的爵士乐略微调高了音量。

"黎礼，你喜欢锦鲤吗？"他突然问。

"喜欢。"我笑了笑，"不过王总养的锦鲤可真大，想必价格不菲吧。"

"当然，他只养正统的日本锦鲤，那池子里最便宜的一条，也得五万元。"

他语气里有种高高在上的态度，听起来难免刺耳。

于是我说："可锦鲤不是唐朝时从中国传到日本的吗？怎么现在反而他们成正统了。"

韩越来了兴致。眼下车子依旧纹丝不动，他不急不躁地拿出电子烟吸了一口，车厢里飘起薄薄的烟雾，带着水果甜味。

"日本锦鲤有严格的培育和筛选机制，从鱼卵刚刚变成鱼苗后就开始了。一选二选淘汰下来的鱼苗，一般直接倒进下水道或者打碎成牲畜饲料，能贱卖给景区或者公园活下来的，都算运气好。

"知名的渔场，只会从当年产下的几十万条鱼苗里留下几万条，甚至更少，只有经过层层选拔的锦鲤才有资格在水质更好、充分投喂的环境中长大。

"当然，在锦鲤逐步成长的过程中，淘汰依旧继续，最终只有血统纯正、体型标准、体长理想、质地优越的锦鲤，才是真正有价值的好鱼。

"黎礼,有没有觉得,这和对人的选拔很像?"

话题峰回路转,车厢里短暂沉默,播放器里,爵士乐女歌手投入的高音显得突兀。

"人,如果考试没考好,不至于被打成饲料,韩律。"我讪笑着胡乱回答。

韩越转头望向我,眼神藏在了反光的镜片后面。

"男朋友是学校里谈的?"

我一愣,这跳跃度也太大了。

"我们从小一起长大的。他成绩比我好,在清大。"

韩越"哦"了一声,手指在方向盘上无规律地敲了敲:"青梅竹马?能从苏城考进清大,也是省内顶尖的学生了,以锦鲤来论,他算是一条颇有成长性的当岁鱼。"

我敷衍地应付了句,心里吐槽这是什么破比喻。

"可是黎礼,像王总那样喜欢养锦鲤的老板,大多不愿意买当岁鱼,知道为什么吗?"

韩越继续循循善诱。

"当岁鱼只是没满周岁的小鱼,即使潜力突出,但在未来的成长过程中,也面临着养废的危险。可大鱼不同,他们通过了选拔,也挺住了各种风险,所以哪怕单价昂贵,对有追求的养鱼人来说,才是绝佳选择。"

停滞的车流终于出现了一丝松动,韩越怡然吐出最后一口甜腻呛人的烟,慢慢踩下油门。

"那么黎礼，你是有追求的人吗？"

到达政法大学门口，天已经很黑了。我下车刚要走，韩越放下车窗，叫住了我。

他从窗口递出一个礼品袋。

"听说苏城人很看重冬至，我托朋友出差时买了点特产，节日快乐。"

等韩越的车走远了，我才打开那个袋子，里面是一瓶包装精致的冬酿酒，还有一瓶粉色香水。

下一秒，袋子安静躺在了校门口的垃圾桶里。

13.

卢家的风波有了处理结果。

卢父的前司机是他某位很远的远房亲戚，姑且称之为"明哥"。因为这层淡淡的血缘关系，明哥很受卢父的信任，结果也正是这层关系，引发了一场"升米恩，斗米仇"的背叛。

卢父发现明哥染上赌瘾并且在外面欠下一屁股债后，决心找个由头将他支走。明哥察觉到了老板的心思，怨念顿生，盘算着哪怕走，也得捞足油水了走。

天遂人愿，在一场狐朋狗友的聚会上，他认识了刚和男朋友分手不到一个月的秦涵。

彼时秦涵刚发现自己怀了孕，奈何男方已经离开京市，联系方式也通通把她拉黑。当爹的跑了，当妈的左思右想，决定走一条险路——趁着肚子小，找个靠谱的人接盘。

最开始，明哥才是秦涵的目标。

自从被世西中学劝退后，秦涵一直浑浑噩噩地过着，高中肄业，学历门槛摆在那儿，找不到什么好工作，但好在，她有一张美丽的脸。

靠着外形优势，她在社会上交往过不少男人，有时男人大方，她就辞了工作在家享清闲，有时男人不宽裕了，她就紧锣密鼓地物色下一号人选。

对象越换越多，离家乡也越来越远，那又如何，她和亲妈李婉，早就不联系了。

秦涵以前很听妈妈的话，但在经历种种之后，她觉得自己妈很废物，连男人都搞不定。

当然，她在心底痛斥母亲的时候，选择性忽视了自己也在周谨身上连碰钉子的事实。

意外怀孕这件事，给了秦涵一记当头棒喝。那天晚上，她握着验孕棒，大脑一片空白地倒在沙发上。不负责的男人早就不知所终，留下这间只剩三个月租期的破筒子楼小屋，和只剩一万块钱的银行卡。

彻夜未眠，天亮时，她终于可以冷静下来思考。

要么，抓紧时间找个冤种当接盘侠，这样，自己和孩子日后都有了保障。就算最终没谈成，也可以借肚子里未成形的胚胎讹人一笔，再去打掉。

秦涵以前结交过一些"姐妹"，有人成功过，她相信自己也会有好运。

可惜，"老油条"明哥，不是那么容易上当的。

秦涵捂住被扇红的脸，不敢直视刚才差点把自己打倒在地上的男人。谁知下一秒，男人的脸就变了，和颜悦色地过来搀扶她。

"妹子，坐坐坐。"他甚至客气地拉来一张凳子，"你啊，有头脑有胆识，就是招数用错人啦。我来帮你，事成之后，咱俩平分，如何？"

秦涵第一次见卢继勇，是坐在卢家公司对面的咖啡馆，隔着马路远远瞧了一眼。而明哥正扮演着兢兢业业的"忠诚"司机的角色。

后来，明哥问起对卢继勇的印象，秦涵说看上去挺正经的一个人，实际不知道怎么样。

"确实正经，正得固执又死板。"明哥恨恨哼了一声。

按照明哥的说法，卢家夫妻感情和睦，卢继勇多年来行事端正，从来没有乌七八糟的桃色丑闻。

正因为是爱干净的人，才最不能忍受有污点。

"你放心，那不是爱生事端的人家，且最好面子，五十万元，卢继勇给老婆孩子买几个包就花了，他们不会多计较的。"

明哥没有说过他自己的情况，所以秦涵有时挺纳闷，既然卢家人是好人，也没有对不起他的地方，怎么突然就要联合自己这个外人来陷害亲友了呢？

不过，这点疑惑很快被她抛之脑后了——好人又怎样，她早就选择和明哥一起，站到好人的对面了啊。

14.

"警方调取了完整监控,监控内容还原了司机和那女人自导自演的全过程。我妈约司机见面,套出了话头录了音。后来警方审问过程中他们各自承认了,接下来我们会以敲诈勒索未遂起诉。

"他们都妄想我家选择息事宁人,选择忍气吞声保全颜面,可惜,这件事情,我们卢家绝不让步。"

说到这儿,卢安安的眼眶又红了。

一连串波折和遭遇,她本来圆润饱满的小脸肉眼可见地瘦下去一圈。

"在派出所里,那个女人说自己怀着孕,求我们放过她,哭得撕心裂肺……"

"别去想。"我搂着卢安安的肩膀,说道,"她污蔑一位正直的父亲,绝不值得同情。"

"礼礼,有些人真是天生坏种,那个秦涵,她妈妈对你家恩将仇报,她自己也没有底线。这种人即使生了孩子,能教得好?不危害社会就是祖坟冒青烟了!"

"这个人啊,遇见她总没什么好事,不提也罢。"我收拾好刚吃完的外卖,"你慢慢吃,我要去趟律所。"

"啊?这个点,你去加班?"

"不,我啊,辞个职就回来。"

律所的夜晚,加班的人和上班的人差不多齐整。

韩越办公室里燃着某种寺庙般烟熏火燎的香线。秘书推开门,在桌上整整齐齐地留了三份文件后自觉离开。韩越慢条斯理地翻阅着，而后拿出钢笔，在材料上签字。

"怎么，不喜欢？"他合上笔，目光淡淡地扫过我放在桌上的那瓶粉色香水。

"受之有愧，我留着不合适。"我平静道。

韩越靠在他的真皮座椅上，双眼微眯，嘴角勾起。

"花果香调，甜美清新，最适合你这样的女孩，不是吗？"

"也不一定，或许，只是适合您心目中二十来岁的惠宁罢了。"

韩越的脸色微怔，片刻后恢复如常。

"黎礼，你真的很聪明，却也是真的傻。"他用钢笔的一端，将香水瓶朝我推了推，"这样的机会，知不知道蒋悦做梦都想拥有？"

"那为什么不把机会留给真正需要的人？"

韩越不说话，只是从鼻子里发出一声不屑的哼笑。

走廊里偶尔响起匆匆的脚步声，一墙之隔的办公室内，安静得连呼吸声都很清晰。

韩越的电脑旁，始终摆着一张三口之家的合影。

"您女儿还很小。"我看着照片中被他高高抱起一脸喜悦的小女孩，"我一直以为您是有责任心和担当的父亲。"

"我当然是，不然这些年来，她们怎么能过上如此优渥的生活？"韩越靠着真皮椅背，下巴微抬，似乎听了个很好笑的笑话，"黎礼，你太年轻了，责任分很多种，人生的选择也不是非黑即白的。"

我垂下眼眸，视线正对上那瓶粉色香水，它的金属瓶盖折射了台灯的光线，炫目刺眼。

凳脚摩擦地板，韩越离开座位，一步一步地走近。

"我始终觉得，学校那套教育有时会弱化人辨别机遇的能力，社会才是真正的课堂。

"等再过几年，你回想起今天，可能会万分后悔，为什么要白白放过一个少奋斗几年的机会。"

他在一步之遥处站定，单手撑在桌面，身体俯近，衬衣上的古龙水有着侵略般的味道。

"所以，要不要再考虑一下？"

平心而论，四十岁的韩越保持着超越大部分同龄人的身材和气质，他此刻的自信并非毫无道理，单单在这家律所里，确实有那么几个姑娘，时刻期盼着他能抛出橄榄枝。

"前几天在茶水间听说了一个小八卦。"我继续道，"似乎我和您的上一位实习生，长得也有些相似？"

"更准确地说，你们都有些像惠宁。"韩越纠正，"不过她是外貌更像，你是性格更像。"

"如果她没选择离职，我应该也得不到这个实习机会吧。"

韩越挑眉，没有否认。

"黎律心思这么细密，应该不会对我之前教给你的那套'锦鲤论'无动于衷吧。"

我抬起头，迎着他试探的目光，努力压制住情绪的颤动。

"当然，韩律，回去后我就查了资料，锦鲤的选育的确如你所说般严苛，但也有一个很意外的发现。"

"哦？是什么？"

"锦鲤寿命会缩短。为了满足市场的审美标准而被过度催体成长，原本能有七八十年寿数的鲤鱼，如今顶着名品头衔，只能活十几年。在这种不健康的成长体系下，很难说清楚，富豪喜欢的血统鱼和公园野塘里的土炮鱼，究竟谁更幸运。"

韩越双眼微眯："接着说。"

"我知道您所……希望发生的那种事情，对有些人来讲并不难接受，或者正如您所说，这的确可以称得上是个机会。但，即便在这种抛开道德的认知下，我仍然无法成为您期待的那个对象。"

说到这儿，我深深吸了一口气。

"因为……我也有一个出轨的父亲。"

视线一角，韩越撑着桌面的手，指尖忽然下意识地收紧。

"我爸出轨了我妈的好朋友，那人和她的女儿，以这种方式回馈我妈对她们的援助。

"直到现在，我都不愿意再和他有多少联系，哪怕他早就在这场背叛中悔悟，可那种生理性的恶心，是无法用诡辩来淡化的。

"所以啊，我绝不会走他的老路，也不想成为，被另一个孩子记恨的那个人。"

秘书第二次来敲门，被韩越用几近严厉的语气制止。

"离开！"

门外的女生吓了一跳，连声抱歉后匆匆跑走。

韩越已然显露出了压迫性的气场，我强作镇定地挺了挺腰背，心中做好了迎接风暴的准备。

一个在职场和名利场厮杀多年的精英,并不会随意包容一个半只脚还没离开茅庐就敢直言不讳的小女生,不论错究竟在谁。

不过,来自上位者的威势并没有持续多久,他退后几步,再次回到座位前,并不坐下,只是拉开抽屉,点起一根烟。

"手头的工作和蒋悦交接一下,明天让她找财务把你的实习工资结算掉。"

他斜叼着烟,语气平和到让人怀疑刚才那一瞬的情绪失控是幻象。

"谢谢韩律,这段时间承蒙关照。"我努力保持淡定,偷偷长松一口气。

"对了,那个,不会是给我的告别礼物吧。"

韩越指着会客桌上那只米色的礼品袋,大步流星地走过去。他从袋子里掏出一只透明塑料瓶,被其简陋的外观震惊。

"这是什么?!"

"桂花冬酿酒,韩律。"我说,"我高中同学特地从苏城寄过来的。"

"你们苏城人,这么不讲究吗?特产不包装就拿出来卖?"韩越转着瓶子,一脸费解。

我摇头,他是真不识货。

"这家店呢,是位有脾气的大爷在经营,只酿酒,不营销,要沽酒必须自备容器。就这,每年冬至前,街上买酒的人都能排起长队。看着普通,可那确实是苏城最好的冬酿酒。"

韩越将信将疑地吐了一口烟,问:"那我买的那瓶呢?"

"这个嘛,用陈大爷的话来讲,肯定是不正宗啊。"

蒋悦陪我到电梯口,想了想,抬脚一同进了电梯。

"礼礼,一起喝杯咖啡吧。"

还是在最初面试的那家咖啡店。时过境迁,人已经从入职变成了离职。

"说实话,我挺羡慕你们这些……像她的女孩。"蒋悦低头搅动着咖啡,有些怅然,"韩律会格外重视你们一些,并且,会为了你们克制脾气。"

"你指的是,被他温柔地当成'白月光周边'来收集吗?"我忍无可忍地打断,"学姐,这种事情还值得向往?"

蒋悦撇撇嘴:"但你不能否认,他是个很有魅力的男人。"

"确实,但那是在我得知他的秉性之前。"我看着她道,"你也不能无视,他是个有家室的男人。"

"你和前一个实习生走之前说的话一模一样。"蒋悦转着咖啡杯,苦笑,"我透过你们,都能猜出惠宁五六分的样子了。"

"所以惠宁究竟是谁,他的前女友?"

蒋悦摇摇头:"不清楚,只知道他们曾经是本科同学,后来一起出国,但不知道为什么没有在一起,总之经年累月,她就成了韩越的执念。"

"既然是执念,他怎么不去找惠宁本人?说到底,他真正爱的,恐怕是对已逝青春的想象。"

蒋悦没有接话，依旧搅着那杯没喝几口的咖啡。她身后的玻璃窗外，中央商务区楼群灯火辉煌，像一座座巨大的、无声轰鸣的永动机。

"溜出来这么久，我该回去继续改合同了。"她终于抬起头，脸上挂起了一贯如初的微笑，"黎礼，实习毕业快乐。真羡慕你啊，转过身还是能继续回到学校里。"

相互道别，蒋悦快步走向开足暖气的大楼，而我裹紧围巾，一头钻进刺骨的寒风里头。

据说格威所在的这栋大楼，曾经是这片区域最高的天际线，不过随着城市进程，更多高楼拔地而起，它也随之泯然于钢筋森林。

当我小跑着奔向地铁口，并不知道高楼中有一道视线，刚刚从巨大的落地窗前移开。

韩越扯开领带，重重靠在老板椅上，抬手摁灭了第三根烟。

他觉得有些烦躁，盯着桌上那只简陋到离谱的塑料瓶看了一会儿，拿起座机拨通了秘书的电话。

"Amy，帮我拿一只空杯子进来。"

片刻后，秘书小心翼翼地叩响门板。

"谢谢，没有其他事情的话，你下班吧。"韩越说着，又指了指桌上的香水，"这个带走，送给你了。"

瓶盖拧开的瞬间，一股混合着桂花味的米酒清香，藏不住地漏了出来，才闻着，就忍不住想醉。

可惜，冬酿酒是喝不醉人的，据说连小孩子都能喝上一杯。

说到小孩子……他禁不住往桌上的合照瞧去。

抓起西装外套,韩越决定今天早一点回家。

15.

这一年的春天来得格外早。京市郊外的山寺中,成片的早樱开得灿烂,白若春雪。

我高举三支清香,对佛像虔诚地敬拜,随后在寺院师父的指引下,取愿签写愿词。

"帮别人写,也灵吗?"提笔前,我问。

师父一脸高深:"心诚则灵。"

我唰唰地在落款处写下了"顾瑶"两个字。

这是一座在京市名不见经传的小寺,不晓得远在南方的顾瑶,究竟是怎么打听到的。

"每次来这样的地方,都拜顾瑶所赐。"周谨忍不住吐槽,"她倒是省心省力。"

"嘘!"我赶紧竖起食指,"佛门重地,不要妄言。"

"抱歉……"

寺庙后边有一处山泉,反倒是个小有名气的旅游景点。一些游客和爬山爱好者聚在一棵古树下,热热闹闹的,像是在围观什么活动。

"春回大地,万物复苏,见锦鲤者,万事如意!"

一位老和尚站在人群中央,脚下是一汪清潭,潭中鲤鱼成群。

"师父,这怎么玩啊?"众人问。

老和尚掏出一把铜板样式的钱币："往上抛,在铜板落水前许愿,抛得越高,成真越多。"

"这灵吗?"

"心诚,则灵。"

一些人不感兴趣地散去,另一些人兴高采烈地凑上前,开始抛掷许愿。

我蹲下身,将手伸进冷冽的潭水中,鱼群很快凑了上来,吮吸着手指讨食。

"哟,这些鱼挺亲人呢!"有人说。

"什么呀,过了一个冬天,饿了而已。这些就是放养的土炮,不是啥好鱼。"有人又说。

我轻轻触摸那些小鱼光滑的脑袋,才不是土炮呢,这是最有灵性的小锦鲤!

"姑娘,要不要来一把试试运气?学业、事业、姻缘,百试百灵!"老和尚朝我摊开手。

我捡起一枚铜板,学着其他人的样子,弯曲食指,放好钱币,随后拇指指甲盖用力一弹,双手立刻合十,闭目许愿。

谁知过了好一会儿,都没听见硬币落水的声音。

"掉下来了吗?"

"好像没看到啊。"

"这,弹飞了?"

众人七嘴八舌,老和尚大喊一声："一飞冲天,吉星高照,诸事顺利!"

下山的时候，我还在纠结那枚铜币的去向。

"飞树上去了？被鸟叼走了？"

周谨乐不可支，揉捏着我的手说道："看不出来，这还是根金手指。"

"快求我，以后我帮你开挂。"

又走了半晌，我挽着他的胳膊自言自语道："或许那是一枚向往自由的硬币，它不愿意背负这些世俗的愿望，所以找到机会，逃走了。"

"嗯，这么听起来是个有骨气的硬币。"

"哎，周谨，你有没有看过那个小说，有人往地洞里扔垃圾，十几年后，那些当年丢下的垃圾从空中落下，砸在了人们的头上。你说会不会十几年后，那枚穿越时空的铜币忽然从天而降，问我：'喂，给了你那么长的时间，当初的愿望全都实现了没？'

"你笑什么呀，我在和你探讨一个很严肃的问题……"

一路说笑，不知不觉已经走了很远，清风拂过热闹的人间，春山远望，白云悠长。①

【全文完】

---

① 1、周谨送黎礼的那本书，原型为《夜晚的潜水艇》，作者陈春成。

2、楚言给黎礼听的歌歌名 *I Remember*，演唱者 Victor Lundberg。

MEMORY
HOUSE